HERMAN MELVILLE

MOBY DICK

Adaptación de GERALDINE MCCAUGHREAN

Ilustraciones de VICTOR G. AMBRUS

Introducción, notas y actividades

Manuel Broncano

Traducción
Mariano Antolín

Vicens Vives

Primera edición, 2006

Depósito Legal: B. 41.523-2006
ISBN: 978-84-316-6824-2
Nº de Orden V.V.: M-224

© GERALDINE McCAUGHREAN, 1996
Sobre el texto literario.

© VICTOR G. AMBRUS, 1996
Sobre las ilustraciones.

© MANUEL BRONCANO
Sobre la introducción, las notas y las actividades.

© MARIANO ANTOLÍN
Sobre la traducción.

© EDICIONES VICENS VIVES, S.A.
Sobre la presente edición según el art. 8 del Real Decreto Legislativo 1/1996.

La traducción de esta adaptación de *Moby Dick*, publicada en inglés en 1996,
se ha publicado por acuerdo con Oxford University Press.

IMPRESO EN ESPAÑA
PRINTED IN SPAIN

Editorial VICENS VIVES. Avda. de Sarriá, 130. E-08017 Barcelona.
Impreso por Gráficas INSTAR, S.A.

# ÍNDICE

INTRODUCCIÓN

MOBY DICK

ACTIVIDADES

HERMAN MELVILLE (1819-1891)

INTRODUCCIÓN

EL MAR DE LA IMAGINACIÓN

Tierra, aire, fuego y agua son los cuatro elementos que, según los filósofos de la antigüedad, componen nuestro mundo. Todos ellos son, además de realidades físicas, espacios de la imaginación humana, fuente inagotable de inspiración mitológica y poética. Pero es el agua y su manifestación suprema, los mares y los océanos, el elemento que ha ejercido quizá mayor fascinación en el imaginario colectivo desde el origen de los tiempos, si bien ese invencible hechizo a menudo tiene una naturaleza dual, que refleja la dicotomía entre el bien y el mal. La literatura clásica ofrece notables ejemplos del atractivo irresistible que el hombre ha sentido siempre por el mar y de las desgracias que le han acontecido durante sus travesías, como el viaje de Jasón y sus argonautas en busca del vellocino de oro, el peregrinaje de Ulises por las innumerables islas del Egeo de regreso a Ítaca, o las prodigiosas navegaciones de Simbad, que le granjean el merecido sobrenombre de "el marino". Pero esa dualidad también se manifiesta en los miedos atávicos que el mar ha despertado en la conciencia humana. En la Biblia (Génesis 1, 1-2) se nos describe el océano como el espacio de las tinieblas primigenias, el estado de caos y confusión del que emergerá la tierra firme, que es el espacio connatural a la vida humana y el lugar donde residen la luz y el orden:

> En el principio creó Dios los cielos y la tierra. El mundo era caos y confusión y oscuridad por encima del abismo, y un viento de Dios aleteaba por encima de las aguas.

También el libro del Apocalipsis nos habla del nuevo cielo y la nueva tierra al final de los tiempos, tras la segunda venida de Jesucristo, como un lugar donde "el mar no existía más". La Biblia, huelga decirlo, ofrece una variada y extensa cartografía del mundo acuático, a través de una rica imagine-

En el umbral de la novela, el padre Mapple cuenta a sus feligreses la historia de Jonás y les alerta de que es un "relato del pecado, de la dureza de corazón, del rápido castigo, el arrepentimiento y la liberación gozosa". Fresco de Prospero Fontana (1512-1597) en donde se representa cómo "un gran pez" vomita a Jonás.

ría casi siempre cargada de connotaciones negativas, como el terrorífico Leviatán al que Dios derrota en diversas ocasiones, un monstruo marino a menudo identificado con la ballena. Pero las Sagradas Escrituras también nos presentan el mar como un espacio regenerador, una inmensa pila bautismal donde el hombre puede purgar sus pecados y renacer a una vida nueva. Así sucede en el relato del Diluvio Universal, donde el patriarca Noé rescata en su arca a sendas parejas de todos los seres vivos cuando Dios castiga a la humanidad con unas lluvias torrenciales que anegan la tierra hasta convertirla en un océano sin fin. Y otro tanto ocurre en la historia de Jonás, quien es arrojado al mar como castigo por sus desaires a Dios, y es luego engullido por un gran pez en cuya barriga expía durante tres días su desobediencia, para ser al fin literalmente "regurgitado" en tierra firme, donde cumplirá la misión que el Señor le ha encomendado.

La figura del profeta Jonás, una de las muchas alusiones bíblicas que abundan en *Moby Dick*, es un referente fundamental en la novela de Herman Melville. El pez descomunal que engulle a Jonás es el antecedente más directo de la gran ballena blanca que surca las aguas de la novela, aunque el mar haya sido desde siempre refugio de otras muchas criaturas misteriosas y a menudo amenazadoras, como atestiguan las narraciones clásicas de todas las culturas ribereñas. También en *Moby Dick* aparece uno de esos seres monstruosos que desafían la racionalidad humana, el gigantesco pulpo o calamar al que llaman Kraken y que surge de las aguas como un islote animado y maligno. Esos seres, sin embargo, quizá no sean fruto exclusivo de la ferviente imaginación humana, según parecen demostrar los recientes avistamientos en las profundidades marinas de calamares colosales a los que las nuevas técnicas oceanográficas nos han permitido acercarnos.

En *Moby Dick*, Herman Melville nos ha legado un compendio de sabiduría oceánica y de mitología marinera, pero también algunos iconos que ya forman parte de la imaginación universal, como la gran ballena blanca, quintaesencia del misterio insondable de los mares; o el *Pequod*, esa "nave de los locos" de la iconografía tardo medieval, abocada a su propia destrucción, y una especie de símbolo de la humanidad entera, embarcada para esa travesía que es la vida en un frágil esquife sujeto a los caprichos cambiantes de las aguas y los vientos. A lo largo de estas páginas se desgranarán algunos de los muchos elementos que convierten a esta obra en un clásico indiscutible. Pero acerquémonos primero a la figura del escritor, pues la vida de Melville nos proporcionará algunas claves muy valiosas para adentrarnos en su espléndida novela.

HERMAN MELVILLE: DE LAS AGUAS MARINAS AL OCÉANO DE LAS LETRAS

Herman Melville es testigo y protagonista del crecimiento de una nación todavía muy joven pero de vigorosas ambiciones. Cuando nace el escritor en 1819, los Estados Unidos son un experimento de democracia todavía frágil y contradictoria, como lo demuestra el hecho de que la esclavitud sea todavía legal, no sólo en los estados del Sur, sino en el Nueva York donde nace Mel-

Melville acabó sus días desempeñando el oscuro oficio de funcionario de aduanas del puerto de Nueva York, que se muestra en esta litografía de mediados del siglo XIX.

ville. Esas contradicciones aflorarían tiempo después en la terrible Guerra Civil (1861-1864) que asoló al país en plena madurez del escritor. La ciudad en la que nace apenas cuenta con cien mil habitantes y unas condiciones urbanas bastante deficientes. Cuando Melville muere en 1891, la ciudad de Nueva York tiene ya más de cuatro millones de habitantes y es una urbe pujante y cosmopolita, puerto de entrada para el incesante éxodo de inmigrantes que acuden a América en busca de una vida más digna.

En ese tiempo, la de Estados Unidos es todavía una sociedad eminentemente rural y agrícola, y por ello muy dependiente de las comunicaciones marítimas, que le proporcionan buena parte de los suministros imprescindibles para una economía necesitada de las manufacturas europeas, a falta de un tejido industrial autóctono con suficiente capacidad para atender la creciente demanda interna. Las naves estadounidenses eran famosas entonces tanto por su rapidez como por sus largas travesías sin tocar puerto alguno, a fin de economizar tiempo y dinero. El mar fue la primera frontera física y estética, antes de que el inmenso territorio del Oeste se convirtiera en el nuevo océano de la imaginación norteamericana. La literatura del periodo nos ha legado páginas marineras inolvidables, como las doce novelas que James Fenimore Cooper ambienta en el océano, o la obra de Henry Dana Jr. *Dos años al pie del mástil* (1841), que narra el viaje, largo y lleno de penalidades, desde Boston hasta las tierras de California a través del cabo de Hornos, o las novelas del propio Melville, quien nunca se alejaría ni vital ni estéticamente de las aguas oceánicas, o, medio siglo después, los relatos de Jack London, que cierran un periodo glorioso de las letras náuticas estadounidenses.

Al igual que Ismael, protagonista y narrador de *Moby Dick*, Herman Melville siente la llamada irresistible del mar y, a la edad de veinte años, embarca por primera vez como marinero en un mercante trasatlántico. Dos años después se enrola en un ballenero, el *Acushnet*, del que deserta en las islas Marquesas, donde convive con los nativos durante algún tiempo. Allí encuentra el material para su primera novela, *Typee* (1846), un éxito editorial notable que catapulta al escritor a la fama. En *Typee* y su continuación, *Omoo* (1847), el joven Melville explora las islas del Pacífico en unos relatos de aventuras trepidantes y descripciones exóticas de parajes y pueblos que en seguida atrapan la imaginación de los lectores. De hecho, Melville descubre para la literatura unas tierras que se van a convertir en referente de escritores y artistas, que peregrinan a esas islas casi míticas en busca de la vida primitiva e inocente de unos nativos ajenos a las asfixiantes convenciones de Occidente. Escritores como Robert Louis Stevenson, Jack London o Joseph Conrad, y pintores como Paul Gauguin, entre otros muchos, seguirían después la estela de Melville hacia ese último paraíso terrenal.

La infancia de Melville estuvo marcada por la muerte prematura de su padre, un emprendedor hombre de negocios que conoce la ruina y deja un legado de deudas a su fallecimiento, y por una figura materna distante y autoritaria, de carácter altivo y profundas convicciones religiosas, que no alcanza a llenar el vacío dejado por la ausencia del padre. Quizá se encuentre aquí el origen último del desengaño que después el escritor mostrará con la sociedad y sus instituciones. Obligado por las penurias económicas a abandonar los estudios a la edad de quince años, Melville se convierte sin embargo en lector voraz de todo tipo de libros y en él nace una admiración por Shakespeare que dejará una huella indeleble en su literatura. El final precoz de sus estudios le causaría a Melville serios problemas con la ortografía y la gramática, además de una caligrafía bastante deplorable. El joven Melville hace un poco de todo en la vida, desde maestro a granjero y oficinista, pasando por efímero pionero del Oeste, hasta que descubre el mundo fascinante de los barcos, muy distinto de la vida insulsa y las estrecheces que la tierra firme le ofrece. Esos años de juventud fueron quizá los más felices de su vida, primero como marino y después como escritor de talento. Su matrimonio en 1847 con Elizabeth Shaw, una amiga de la infancia, y el viaje que en 1849 realizó a Inglaterra para promocionar su obra, contribuyen notablemente a esa dicha personal que con el paso del tiempo se torna, sin embargo, en amargura, ante el fracaso cada vez más estrepitoso de sus posteriores novelas.

El mar del silencio y el olvido

Herman Melville es un ejemplo supremo del aventurero convertido en artista, del autodidacto que llega a ser un maestro de la literatura, pero también lo es del genio desengañado con un público lector que no comprende sus obras, cada vez más innovadoras, y lo condena a un silencio del que sólo el tiempo lo rescataría, cuando ya el artista había sucumbido a la negra sombra del olvido.

Animado por las nuevas amistades que entabla en los círculos intelectuales de Nueva York, en 1849 Melville publica *Mardi* y *Redburn*, seguidas por *White-Jacket* en 1850. En estas obras el escritor aborda temas como la esclavitud y la inmigración, a menudo con una fuerte carga satírica hacia la sociedad norteamericana. Su público, acostumbrado a la exótica vida de la Polinesia de sus anteriores narraciones, reacciona con frialdad ante los derroteros que toma su literatura. El desencanto se instala gradualmente en Melville y, sin embargo, será durante esa popularidad menguante cuando componga su obra maestra, *Moby Dick* (1851), de la que apenas llegarían a venderse unos escasos miles de ejemplares en vida del artista y se ha convertido hoy en un clásico de la literatura universal. Tendrían que pasar más de treinta años tras su muerte para que crítica y lectores comprendieran el verdadero valor de la novela y del propio Melville, quizá el más grande de los escritores que han dado las letras norteamericanas.

Melville perteneció a una brillante generación de escritores norteamericanos entre los que destacaron Emerson e Irving (sentados en el centro), Fenimore Cooper y Hawthorne (tercero de pie, por la izquierda).

En 1850, Melville conoce durante una fiesta campestre a Nathaniel Hawthorne, el famoso autor de *La letra escarlata*, con quien inicia una amistad determinante en su carrera literaria. Quizá animado por la proximidad del matrimonio Hawthorne y con la esperanza de lograr algún éxito editorial, Melville adquiere una granja junto a la casa del admirado escritor, y en ella residirá con su familia durante los siguientes años. Sin embargo, la salud física y psicológica de Melville comienza a resentirse muy pronto, y durante el resto de su vida el escritor padecerá numerosos achaques, además de recurrentes accesos de depresión, agudizados sin duda por el escaso eco que encuentran sus escritos.

A pesar de lo extenso de su obra, no transcurren más de doce años entre la publicación de su primera novela y la de *El timador* (1857), la última publicada en vida del autor. Aunque los críticos tienden a describir la carrera literaria de Melville como un proceso ascendente que culmina con *Moby Dick* y un posterior declive que le lleva a abandonar la prosa tras el fracaso de esta última novela, lo cierto es que las obras que compone en ese último periodo tienen un valor literario que no siempre es reconocido. Así, tanto *Pierre o las ambigüedades* (1852) como *Israel Potter* (1855) y *El timador* se adentran en unos territorios experimentales que anticipan tendencias literarias muy posteriores, pero que resultan demasiado avanzadas para los gustos de su tiempo. Ante el escaso éxito de su narrativa, Melville abandona la prosa y busca refugio en la poesía: en 1866 publica *Escenas de la batalla y aspectos de la guerra*, su estremecedora respuesta a la tragedia de la Guerra Civil, y, en 1876, *Clarel*, un largo poema de carácter alegórico sobre un viaje de peregrinación a Tierra Santa.

Durante los veinte años siguientes, Melville desempeña un empleo muy gris como agente de aduanas en el puerto de Nueva York, alejado por completo de los círculos literarios del momento. Su desengaño con los lectores y el mundo editorial queda bien patente en el relato breve *Bartleby, el escribiente* (1856), cuyo protagonista, un enigmático personaje sin pasado ni futuro, se niega, como el propio Melville, a seguir escribiendo. A su muerte, Melville dejaría un puñado de poemas inéditos y el manuscrito de *Billy Budd, marinero*, verdadero testamento literario y último homenaje a ese océano del que nunca se había alejado por completo. Paradojas de la vida, tan magistral relato tendría que aguardar en una caja de latón hasta 1924 para ver la luz.

MOBY DICK

El argumento

Moby Dick nos relata la travesía que realiza el barco ballenero *Pequod*, en algún momento de la primera mitad del siglo XIX, por aguas del Atlántico y el Índico hasta el mar del Japón, donde finalmente naufraga. El barco está comandado por Ahab, un enigmático capitán al que le falta una pierna a consecuencia del accidente sufrido mientras trataba de dar caza a un gran cachalote blanco. El viaje parece ser otra expedición rutinaria a la caza de ballenas; al poco tiempo, sin embargo, la tripulación descubre que la verdadera intención de su atormentado y autoritario capitán es la de perseguir hasta dar muerte a Moby Dick, nombre que recibe el siniestro cachalote blanco entre los balle-

La novela de Melville ha sido objeto de numerosas ediciones ilustradas. A la izquierda, dibujo de Mead Schaeffer, y a la derecha, ilustración del búlgaro Svetlin para una edición de Papadopoulos Publishing.

neros. Ahab se revela como un personaje obsesionado con su deseo de venganza contra ese monstruo marino que le dejó lisiado, hasta el punto de estar dispuesto a sacrificar barco y tripulación en ese empeño. La historia está contada por Ismael, un joven que se embarca en el *Pequod* en busca de aventuras y se convierte en testigo de los sucesos que conducen a la destrucción de la nave por la ballena blanca. La tripulación está compuesta por hombres de diversos países, entre los que destaca el arponero Quiqueg, nativo de una tribu caníbal de la Polinesia que tiene todo su cuerpo tatuado y con quien Ismael entabla una estrecha amistad. En la obra destacan también Stubb y Starbuck, los dos oficiales que transmiten las órdenes del capitán. Starbuck, un hombre pragmático y racional, es el único que osa enfrentarse a Ahab, pues tiene la fundada premonición de que, con su obsesiva monomanía, el capitán les va a conducir a la tragedia. Además de la tripulación "oficial", en la nave viaja un siniestro grupo de marineros filipinos, comandados por el enigmático Feda-llah, cuya única función es acabar con Moby Dick, sin compartir nunca nin-gún otro tipo de tarea con el resto de los tripulantes. A bordo del *Pequod*, to-dos viven sometidos al despotismo del capitán y todos se convierten en vícti-mas propiciatorias de Ahab y su diabólica empresa.

El mundo de los balleneros

Para la composición de su novela, Melville cuenta con el inestimable material de primera mano que le proporciona su experiencia en diferentes balleneros, donde el escritor en ciernes adquiere conocimientos muy valiosos sobre las condiciones a bordo de unas naves cuyas travesías solían durar entre tres y cuatro años. En aquella época, los balleneros eran naves incómodas y bastante insalubres donde la tripulación compartía el escaso espacio disponible con marineros de toda índole y procedencia. En función de la importancia de su trabajo, cada uno de los embarcados percibía una parte distinta de los benefi-cios económicos que producía el viaje, pero la que obtenían algunos marineros era insignificante. Desde esta perspectiva, la novela retrata minuciosamente una industria, la caza de la ballena, de importancia capital para la época, hasta que el uso extensivo del petróleo la dejó obsoleta pocos años después de la publicación de *Moby Dick*. Las ballenas constituían una notable fuente de ri-queza, pues de ellas se extraía el valioso aceite que alimentaba las lámparas domésticas y el propio alumbrado público, y servía de lubricante para la en-tonces incipiente maquinaria industrial. Además, las cerdas se usaban para la fabricación de escobas y cepillos, y con los huesos, de gran flexibilidad, se ha-cían todo tipo de artilugios, desde varillas de paraguas a bastones y corsés. Estados Unidos dominaba la industria ballenera mundial y sus barcos reco-rrían todos los rincones del planeta en persecución incansable de los cetáce-os, de lo que Melville deja fehaciente constancia en su obra. En este sentido, *Moby Dick* es una novela mercantil, que nos habla de las grandes riquezas que pueden extraerse de los mares y nos proporciona una información deta-llada sobre las ballenas y la industria que florece en torno a ellas. No debe-mos olvidar que el motivo del viaje del *Pequod* es puramente económico, an-tes de que la locura del capitán Ahab lo lleve por otros derroteros. En varias

En el siglo XIX, la caza de la ballena era una actividad arriesgadísima en que media docena de marineros se enfrentaban a un animal de hasta 150 toneladas y 30 metros de longitud en una frágil barca de remos.

ocasiones, la tripulación del *Pequod* parece a punto de amotinarse, pues la obsesión de Ahab por dar caza a la gran ballena blanca les hace desaprovechar algunas oportunidades de enriquecimiento, como la obtención del preciado ámbar gris, el más valioso de los productos derivados de la ballena.

La tragedia del «Essex» y «Mocha Dick»

Además de su propia experiencia vital, Herman Melville utiliza una gran variedad de fuentes documentales para su novela. Las más directas son dos relatos de ballenas descomunales que habían atacado a los balleneros hasta hundirlos. Tal fue el destino, por ejemplo, del *Essex*, una nave de Nantucket que en 1820 sufrió las repetidas embestidas de un gran cachalote cerca de las islas Galápagos, hasta que al fin se fue a pique. Los náufragos supervivientes pusieron rumbo a Chile en los botes balleneros, pero el hambre y la sed que padecieron en la larga travesía los abocó al canibalismo. Este famoso y trági-

Mientras dos de sus botes cazaban ballenas, el «Essex» fue embestido en la proa por un "furioso y vengati-vo" cachalote de veintiséis metros de longitud y se fue a pique en pocas horas. El grumete Thomas Nicker-son plasmó la escena del ataque en este dibujo cedido por la Nantucket Historical Association.

co suceso histórico, que Melville conocía bien, prefigura el destino final del *Pequod*. Por otra parte, en mayo de 1839, la revista *The Knickerbocker* publica un artículo titulado «Mocha Dick, o la ballena blanca del Pacífico», en el que su autor, Jeremiah Reynolds, describe con profusión de detalles un gran ca-chalote "blanco como la lana", conocido como Mocha Dick, que aterroriza con sus ataques a los barcos que surcan las aguas aledañas a la isla Mocha, frente a las costas chilenas. Reynolds relata la persecución y la captura final de la que es objeto el cachalote con un lenguaje y una imaginería muy cerca-nos a los que despliega Melville en su novela, cuyo título evoca claramente la ballena descomunal que describe Reynolds. En realidad, relatos semejantes abundaban en la tradición oral de los balleneros, que el escritor conocía bien.

Además de esas fuentes sobre ballenas portentosas, Melville se documen-tó sobre los cetáceos y sus costumbres en todos los **estudios científicos** que pudo encontrar, como testimonian los muchos capítulos de la obra original dedicados a la vida y características de las diferentes especies de ballenas que habitan los mares. La travesía del *Pequod* hasta las aguas del lejano Oriente venía precedida de una larga tradición de viajes transoceánicos, desde el pionero de Colón a las Américas al largo periplo del capitán Cook por aguas del Pacífico en el siglo XVIII, o el de Charles Darwin a bordo del *Beagle*, entre 1831 y 1836, por las costas pacíficas de Sudamérica, durante el cual sentaría las bases de la teoría de la evolución de las especies, que señala el inicio de la biología contemporánea. Ese interés por el naturalismo científico propio de la época queda bien patente en la novela de Melville, verdadero tratado de biología marina.

Con todo, la imaginación de la época estaba poblada de criaturas portentosas, mitad realidad y mitad ficción, en un tiempo en que se produjeron grandes avances científicos y tecnológicos que inauguran la modernidad, pero en el que perduran todavía buena parte de los mitos y fantasías de siglos anteriores. La prensa sensacionalista de aquel tiempo ofrecía una galería inacabable de monstruos y seres prodigiosos, de paisajes exóticos y razas pintorescas, de viajes descabellados y aventuras peregrinas, que autores como Edgar Allan Poe y el propio Melville supieron incorporar a sus narraciones, en un magnífico ejemplo de cómo la buena literatura aprovecha a menudo ingredientes y temas de lo que solemos calificar de literatura popular o subliteratura.

Interpretaciones de la obra

Como todas las obras que han alcanzado la estatura de clásicas, *Moby Dick* ha sido interpretada por cada generación de lectores desde una perspectiva diferente, y todas las lecturas tienen cabida en una obra inagotable que, en muchos sentidos, anuncia los derroteros por los que transcurriría la literatura a partir de entonces. En un ensayo a propósito de una colección de cuentos de Nathaniel Hawthorne, *Musgos de una vieja rectoría* (1846), Melville afirmaba que el gran logro de esa obra residía en su capacidad de satisfacer tanto al lector más superficial como al lector más profundo, aquél que es capaz de comprender el verdadero significado de "esos pasajes conscientemente diseñados para engañar a aquellos que se limitan a leer por encima". Estas reflexiones, escritas en un momento en que Melville está enfrascado en la composición de *Moby Dick*, arrojan mucha luz sobre su propia novela. Y es que,

El "Pequod" parte de Nantucket, a la que, según Ismael, pertenecen "dos tercios de este globo terráqueo, pues el mar es suyo". Grabado del puerto de la isla cedido por la Nantucket Historical Association.

como todas las grandes obras narrativas, *Moby Dick* se presta a varias lecturas. En un nivel superficial, la novela es un relato de aventuras capaz de atrapar la imaginación del lector menos exigente. En un nivel más profundo, sin embargo, se trata de una conmovedora recreación de uno de los mayores enigmas que perturban al ser humano, el del **sentido de la existencia**. Desde esta perspectiva, el personaje del capitán Ahab personifica al hombre que, movido por una curiosidad insaciable, pretende indagar en la naturaleza de la vida y de la propia existencia; un hombre atormentado por su incapacidad de resolver la extrema y dolorosa dualidad de cuanto nos rodea: el bien y el mal, la vida y la muerte, el cuerpo y el espíritu, la sociedad y el individuo, la realidad y la imaginación… Pero *Moby Dick* puede leerse también como una **novela de iniciación**, la de Ismael, que descubre la complejidad y las contradicciones de la realidad en la que está inmerso; o como un **retrato costumbrista**, pues recrea con detalle la vida y costumbres de la época, tanto en tierra como en los barcos; o como una **novela psicológica**, pues analiza con detalle la compleja personalidad de Ahab y los muchos fantasmas que asedian su mente; o como una **verdadera epopeya**, la gesta épica, pero baldía, de la persecución del monstruo marino. No se agotan aquí, sin embargo, las múltiples lecturas a que se presta la novela, y cada lector sin duda encontrará nuevas for-

Cuando se avistaba una ballena solitaria, todos los botes del barco colaboraban en la caza del animal. Grabado de mediados del siglo XIX cedido amablemente por la Nantucket Historical Association.

mas de aproximarse a ella. En *Moby Dick* confluyen lo trágico y lo cómico, lo sacro y lo profano, lo científico y lo mítico, lo "salvaje" y lo "civilizado", lo satírico y lo lírico, lo irreverente y lo solemne, en un juego de dualidades que no se agota. Todas estas dicotomías convergen, como hemos dicho, en esa **dualidad esencial del bien y el mal,** los dos principios maniqueos que rigen los destinos del hombre.

La novela de Melville es un compendio de **alusiones culturales** y **guiños literarios** que se extienden desde la Biblia y los clásicos griegos hasta la Europa y la Norteamérica de su tiempo, en un texto que reescribe la historia de los Estados Unidos en clave metafórica, aunque demoledora con algunas premisas sobre las que se sustentaba la incipiente nación. Así por ejemplo, la entonces indiscutida superioridad de la raza anglosajona y el cristianismo se ve sometida a una crítica sutil pero incontestable en la figura de **Quiqueg**, el arponero indígena de cuerpo tatuado en el que Ismael aprende a ver la dignidad de todo un pueblo, tildado de "salvaje" por la mentalidad imperialista de los norteamericanos blancos de la época. No es difícil ver en ello una queja velada por el trato vejatorio y el exterminio que los propios indios de Norteamérica padecieron en aras del "progreso de la civilización". Y no es en modo alguno casual que el ballenero infausto capitaneado por Ahab se llame *Pe-*

19

quod, pues ése era el nombre de una tribu de Nueva Inglaterra que fue literalmente aniquilada por los puritanos en su apropiación implacable del territorio; y como esa tribu malhadada, el *Pequod* se encamina hacia su destino irremediable y fatal, acaso como la propia nación que la nave representa, parece decirnos Melville.

"Llamadme Ismael"

Sabemos que Ismael tiene mucho del propio Melville: como el escritor, el joven narrador es un maestro de escuela que en un momento de su vida siente la llamada del mar, movido por el deseo de conocer otros horizontes y otras tierras. El viaje que emprende en el *Pequod* se convierte, sin embargo, en un verdadero **descenso a los infiernos**. Como ocurre en algunas narraciones clásicas, Ismael visita el mundo donde habitan las sombras de la muerte y vive para contarlo. Ulises, Eneas, el propio Dante, le han precedido en ese descenso que constituye una peripecia arquetípica en la maduración del héroe, pues en el infierno adquirirá unos conocimientos que le serán muy valiosos a su regreso al mundo de los vivos. Ismael es testigo de la batalla final entre el capitán Ahab y Moby Dick y todo lo que ambos simbolizan: un acto de justicia (si no de necesidad) poética dictamina la salvación de Ismael, pues afortunadamente ha de sobrevivir para que la historia del *Pequod* no se pierda en la infinitud del océano.

En la Biblia, Ismael es el hijo rechazado por Abraham, y simboliza al hombre errante y sin raíces. En *Moby Dick*, Ismael representa a un joven de espíritu aventurero que, al sentir en su "alma la tristeza y la lluvia de noviembre", acude a la llamada del mar que le invita a la "meditación" y se embarca en la **travesía de la experiencia**. El narrador de la novela es un ejemplo del artista en formación, del escritor y su largo aprendizaje en la escuela de la vida, que le proporciona la materia sobre la que modelar su obra. La inmediatez del comienzo de la novela de Melville ("Llamadme Ismael") busca despertar la simpatía y la complicidad del lector, a quien se invita a acompañar al personaje en su trayectoria vital. El **relato en primera persona** de alguien que ha presenciado y participado en los acontecimientos que describe dota de verosimilitud a su historia, aunque algunos sucesos sean difíciles de creer. De

Ismael se embarca en un ballenero inducido por "los indescriptibles peligros" que el "portentoso y misterio-so monstruo" le deparaba y estimulado por las visiones y sonidos de "lejanos mares: Sueño con navegar por mares prohibidos y recorrer costas bárbaras", concluye. Ilustración de Ismael, obra de Svetlin.

ahí que Melville ponga de relieve la honestidad y la objetividad del narrador, pues de ese modo el lector puede "suspender la incredulidad" y hacerse cómplice de un texto que cuenta hechos prodigiosos.

La **amistad de Ismael con Quiqueg** quizá sea el elemento más dichoso de la novela: a través de ella, el blanco cristiano y el indígena pagano demuestran la relatividad de las culturas y sus categorías, códigos de pensamiento y conducta que son arbitrarios, pero que tienden a erigirse en absolutos. Al comienzo de la novela, Ismael es portador de la ideología puritana y materialista de su tiempo. Poco a poco, ese mundo de verdades inamovibles se tambalea, a medida que descubre al "otro" y comprende el verdadero significado de la igualdad humana y la diversidad cultural. La actitud de Quiqueg ante la vida y la muerte entra en vivo contraste con la del capitán Ahab: la generosidad humilde del caníbal frente al orgullo arrogante del capitán, la aceptación resignada de los vaivenes de la vida de Quiqueg frente al intento altivo de hacerse con las riendas del destino y manejarlas a su capricho de Ahab. En Quiqueg, Ismael encuentra un modelo alternativo de comportamiento, además de un amigo verdadero que le proporciona el irónico instrumento de su salvación, pues el ataúd que iba a ser sepultura del caníbal emerge de las aguas para servir de bote salvavidas a nuestro héroe en la hecatombe final.

Un protagonista atormentado

Ahab es uno de los personajes más complejos de la literatura universal y, al igual que Ismael, tiene mucho del propio Melville, un escritor siempre preocupado por esa dualidad que es inherente al ser humano. En Ahab confluyen los héroes de la tradición clásica con los protagonistas atormentados, pero muy humanos, de las tragedias de Shakespeare: en el capitán del *Pequod* percibimos muchos ecos de Hamlet, con sus deseos de venganza y sus disquisiciones ontológicas sobre la existencia; de Macbeth y su ambición desmedida, que lo lleva a la perdición; pero también de las comedias y las figuras cómicas del dramaturgo inglés. Ahab es un hombre lisiado que inspira lástima, pero también respeto; unas veces resulta risible y otras patético, pero el personaje encierra una profunda humanidad que desborda cualquier intento reduccionista. A menudo desprecia el sufrimiento de sus congéneres, como ilustra su rotunda negativa a ayudar al capitán del *Rachel* a buscar a su hijo perdido en las aguas; pero Ahab también es capaz de mostrar su compasión por el prójimo: tal sucede con **Pip**, el grumete que, tras caer dos veces al mar, pasa de ser una criatura inocente e ingenua a enloquecer y convertirse en enfervorecido devoto del capitán Ahab. La evolución que experimenta Pip a lo largo de la novela es ciertamente patética y suscita una reflexión sobre el destino del pueblo de origen africano en Norteamérica.

En una escena muy reveladora, el capitán Ahab describe a su tripulación y su barco como meras marionetas cuyos hilos él maneja a su capricho, autoerigido en **dios supremo** de ese microcosmos que es el *Pequod*, tal y como proclama el propio capitán: "¡Sólo hay un Dios a bordo de este barco, y soy yo! A bordo del *Pequod* soy el único Dios, Padre Todo Poderoso, Creador del Cielo y de la Tierra". Ahab, pues, no duda en suplantar a Dios como árbitro de la existencia humana, y su orgullo será la perdición de todos los que tiene bajo su mando. En la Biblia, Ajab es un rey de los israelitas que desafía a Dios al erigir un templo para adorar a una deidad pagana, una decisión que provoca la ira divina contra él y todo su pueblo. En la novela, Ahab sustituye el culto a Dios por la adoración demoníaca a la gran ballena blanca, desatando con ello la cólera celestial que dictará la destrucción de su nave y de sus tripulantes.

Ahab y el espíritu romántico de la búsqueda

El capitán del *Pequod* es el personaje en torno al cual gira todo lo que aconteces en la novela: un ser voluntarioso e indómito, orgulloso y autosuficiente, que se empeña en sobreponerse a los pobres límites de su cuerpo lisiado para cumplir sus designios titánicos de revancha contra el monstruo. Ahab es un personaje intrépido y maldito de dimensiones sobrehumanas; un hombre que se considera dotado de una "**percepción sublime**" que, sin embargo, no le permite gozar de los placeres de la vida y la belleza del mundo, lo que representa una paradoja vital que le equipara al arquetipo romántico del héroe. En un pasaje que McCaughrean no recoge en su adaptación de la novela, Ahab medita en el crepúsculo sobre su condición de maldito, y su soliloquio arroja mucha luz sobre su atormentada y compleja personalidad:

> ¡Oh, qué tiempo aquél, cuando el amanecer me inundaba de noble aliento y el atardecer me traía la calma! Nunca más. Esta hermosa luz no me ilumina: toda belleza no es para mí sino angustia, pues me está vedado disfrutar de ella. Dotado de una percepción sublime, carezco sin embargo del poder, más humilde, de gozar; ¡maldito…, maldito en mitad del Paraíso! […] Los demás piensan que estoy loco…, pero soy un ser demoníaco, ¡soy la locura enloquecida!

Su búsqueda agónica de la ballena blanca representa el ansia romántica de **alcanzar la sabiduría,** de llegar a poseer los secretos del universo, de dominar a una naturaleza hostil e irracional. Tal búsqueda resulta también romántica por cuanto implica la rebeldía contra Dios, quien, según se relata en el Génesis, expulsa a Adán y Eva del Paraíso por haber probado el fruto prohibido del árbol de la sabiduría. La irreprimible ansia de conocimiento lleva al hombre a vender su alma al diablo, motivo central de la tradición fáustica que se remonta a la Edad Media y que de la mano del alemán Goethe se consagra en *Fausto* (1832), una de las obras cumbres del romanticismo. Del mismo modo, el capitán Ahab bautiza al arpón que ha de matar a la ballena, no "en el nombre del Padre, sino en el nombre del Diablo". Dispuesto a todo con tal de satisfacer sus anhelos, Ahab no duda en sacrificar no sólo a su tripulación y su barco, sino su propia vida y, acaso, su alma, contraviniendo así las leyes divinas y humanas que le han otorgado el cuidado de esa nave donde él se erige en deidad absoluta y tiránica.

La criatura de Frankenstein aparece resentida y desolada en esta ilustración de Solé y del Amo para una edición de la novela (Vicens Vives). A la derecha, ilustración de Svetlin donde Ahab alecciona a la tripulación.

Nada tiene de extraño que Melville admirara *Frankenstein* (1818), la obra de Mary Shelley en la que un joven y brillante científico se atreve a componer un ser con miembros de cadáveres de otros hombres y dotarlo de vida, usurpando así el poder divino; pero al ser abandonada por su creador y maltratada por las gentes, la monstruosa criatura decide vengarse de Frankenstein asesinando a varios miembros de su familia. Abrumado por el dolor, Frankenstein dedica el resto de su existencia a perseguir al monstruo por los confines de la tierra. Varias son las deudas que *Moby Dick* tiene contraídas con la novela de Mary Shelley. El alma atormentada y la dualidad de Victor Frankenstein, por ejemplo, son las mismas que percibimos en Ahab, cuyo aspecto físico, marcado por una larga cicatriz, es descrito por Ismael con el significativo comentario de que al capitán parecía que "lo hubiesen cosido con hilo y aguja, o como si lo hubieran construido con las mitades de dos hombres diferentes". Por supuesto, la persecución implacable e insana del adversario, al que tanto Frankenstein como Ahab consideran la encarnación del Mal, así como el fracaso y la muerte del protagonista en el desenlace de la obra, son temas esenciales que ambas novelas comparten.

Moby Dick resulta también romántica por la visión que ofrece del océano como espacio de libertad y felicidad, reducto de la imaginación y la experiencia donde escapar de la prosaica rutina de los días en tierra. Por ello acude Ismael a su llamada. Esa misma fascinación por el mar la encontramos en la «Canción del pirata» de José de Espronceda y en «El corsario» de Lord Byron, cantos a la vida al margen de las leyes humanas en la infinitud del mar. Pero la novela de Melville es asimismo romántica por esa otra visión que nos ofrece de los mares como un espacio de misterio y muerte, aunque también de regeneración, un tema en el que advertimos la influencia del poema fundacional del romanticismo inglés «La balada del viejo marinero» (1797), de Samuel Taylor Coleridge. En esta composición alegórica un "viejo marinero" mata de un flechazo a un albatros blanco, y su cruel acción desencadena una serie de hechos sobrenaturales que culminan con la destrucción del barco y la muerte de sus tripulantes; sólo el viejo marinero, arrepentido de su comportamiento, sobrevivirá para contar su experiencia y enseñar a los hombres el amor por las criaturas de Dios. En *Moby Dick*, Ismael es testigo de la destrucción del *Pequod* y de su tripulación, y sobrevive para contarlo. El mar es para él fuente de dicha, pero también de miedos y penalidades sin cuento.

La ballena blanca

La novela despliega una densa estructura simbólica que se articula en torno a la gran ballena blanca, una criatura misteriosa que se carga de significado a lo largo del relato. Aunque no toda la tripulación piensa lo mismo sobre el cachalote, los marineros juran dar muerte a Moby Dick, convertidos en prosélitos de una religión vengativa cuyo sumo sacerdote ejerce también de intérprete del ídolo con que ha suplantado a Dios. Según Ismael, Ahab identifica la ballena "no sólo con todos sus males corporales, sino con todas sus exasperaciones intelectuales y espirituales". La blancura de la ballena, lejos de representar la inocencia y la pureza con la que solemos asociar ese color, encarna la muerte y todo lo que infunde espanto al hombre: "los fantasmas, las

Una vez cazada, la ballena se amarraba a un costado del barco y se procedía a extraerle la capa de hasta medio metro de grasa que recubre su cuerpo bajo la piel.

mortajas, las máscaras, las cosas invisibles y las cosas ciegas que se esconden bajo tierra". Moby Dick es una incógnita siniestra, una gran careta tras la que se oculta el misterio inescrutable de la Creación. Ahab quiere arrancar al monstruo su máscara "para saber qué se esconde detrás y, cuando lo hayamos hecho, tendremos la respuesta a todas las preguntas". Nunca sabremos si la criatura marina actúa por deseo de venganza, como el propio Ahab, o por simple instinto de supervivencia. Sea como fuere, la ballena es el instrumento del destino para cumplir su designio implacable de destrucción, el agente del castigo a la soberbia humana impuesto por los dioses.

Como hemos visto, Moby Dick es la encarnación de las fuerzas primigenias de la naturaleza, depositaria de una energía inconmensurable e indómita que el hombre trata en vano de domeñar. Es también depositaria de las ambiciones humanas, y cada hombre ve en ella el objeto de su propia codicia, ya sea material o metafísica: los marineros sueñan con darle caza porque con

A la izquierda, dibujos de la caza de las ballenas realizados por un marinero del siglo XIX (Nantucket Historical Association). A la derecha, fotograma de una serie televisiva sobre «Moby Dick» de 1998.

ello ganarán el doblón de oro, mientras que Ahab la persigue para saciar sus ansias de venganza y también de conocimiento. La ballena muestra la marca de esa codicia en los incontables arpones y aparejos que tiene clavados en su lomo, recuerdo de los numerosos ataques de que ha sido objeto. El propio Fedallah, el siniestro arponero cuyo único propósito en el viaje es, al igual que el de Ahab, dar muerte a Moby Dick, perece atrapado en la maraña mortal de cuerdas y acero, y su cadáver, testimonio de la fatuidad de los hombres, emerge de las aguas unido inextricablemente al monstruo, para agitar su mano inerte como señal equívoca a los vivos que lo contemplan con espanto. Se cumple con ello la profecía que Fedallah le hiciera al capitán, como Ahab comprende cuando ya es demasiado tarde y ve en el grotesco "coche fúnebre" que transporta a su fiel ayudante el anuncio de su propia muerte, que encontrará en las fosas insondables del océano, arrastrado él también por un cabo que le une para siempre a la criatura de su delirio.

Una interpretación alegórica

En el *Pequod* navegan individuos de procedencia muy diversa que constituyen una **sociedad en miniatura** y perfectamente jerarquizada, donde las órdenes se cumplen a rajatabla, aunque a veces sea a regañadientes. Esa sociedad está, además, muy especializada, y reproduce la distribución del trabajo en el mundo industrializado, una verdadera factoría colonial que explota los recursos de aguas muy distantes para convertirlos en productos de consumo. El barco es una empresa que tiene sus socios capitalistas (Péleg y Bildad), sus oficiales (Starbuck, Stubb y Flask) y su mano de obra, todos bajo el mando supremo del capitán.

Pero el *Pequod* es también una recreación del motivo medieval de «**La nave de los locos**», que el humanista alemán Sebastián Brant convierte, en su obra homónima (1494), en un largo poema alegórico donde todos los vicios y locuras humanas se embarcan en la misma nave rumbo a Narragonia, la isla de los orates. Y es que, arrastrada en parte por la "locura enloquecida" de su capitán, toda la tripulación del *Pequod* parece haber perdido el juicio: el siniestro augur Fedallah, "una sombra trémula que proyectaba en la cubierta el cuerpo de algún ser invisible", que lidera sin apenas hablar el grupo de filipinos que obedecen ciegamente a Ahab; Starbuck, que confiesa haber perdido la razón y ser incapaz de desobedecer a su capitán, al que se siente atado por el objetivo "impío" de cazar a la ballena blanca; Stubb, quien, humillado por los insultos del viejo tullido, reacciona en soledad con risas nerviosas y frases incoherentes; el pequeño Pip, que venera a su dios Ahab tras caer por dos veces al mar y ser abandonado; el carpintero, que habla siempre a solas, "pero sólo como una rueda irracional, que también zumba en soliloquio"; Quiqueg, quien, encontrándose al borde de la muerte, encarga su propio ataúd, lo prueba y decide no morir "porque se había acordado de una pequeña obligación en tierra"; y la tripulación entera, en fin, que, teniendo las bodegas del barco repletas del preciado aceite, no duda en atacar a una ballena que se ha demostrado letal y que acaba arrojándolos a todos a las profundidades del mar. En el desenlace de la novela, la imagen del indio Tashtego clavando el pabellón en el mástil, mientras el barco se hunde irremisiblemente, es muy reveladora del estado mental que se ha adueñado de la tripulación.

A la izquierda, «La nave de los locos», óleo de Jerónimo Bosco. A la derecha, cartel anunciador de la versión cinematográfica de «Moby Dick» dirigida en 1956 por John Huston e interpretada por Gregory Peck.

Así pues, *Moby Dick* puede entenderse como una alegoría en que el barco representa a la sociedad humana, el mar el espacio insondable de la vida, y la ballena y otros monstruos marinos los pecados (la soberbia, la avaricia…) que asedian el alma de los hombres para abocarlos a su perdición. La novela, sin embargo, también nos revela algunas virtudes de los personajes, como la generosidad de Quiqueg, la ecuanimidad de Ismael o la bondad de Starbuck. En este sentido, el feroz e intransigente individualismo de Ahab contrasta con los ideales de **solidaridad** y **hermandad** que demuestra la tripulación, siempre dispuesta a ayudar a sus compañeros en las numerosas adversidades que han de afrontar. Las abundantes alusiones, explícitas e implícitas, a otros textos de la tradición alegórica sustentan una lectura en tales términos. Así, una de las fuentes más directas de *Moby Dick* es la obra del poeta inglés John Milton, *El paraíso perdido* (1667), del que proceden los siguientes versos que encabezan el texto de la novela:

Leviatán,
la más descomunal de las criaturas,
alargada como un promontorio en las profundidades,
duerme o nada, y parece una isla en movimiento;
y con sus branquias inhala y exhala luego un mar entero.

El protagonista de *El paraíso perdido*, poema que sigue muy de cerca el relato del Génesis, es Lucifer, el arcángel que, tras liderar una rebelión contra Dios, es vencido y arrojado a los infiernos. Movido por el ansia de venganza y convertido en serpiente, Lucifer tienta a Adán y Eva para que coman el fruto del árbol prohibido, con lo que logra corromper la más hermosa creación divina y condenar a la raza humana al exilio perpetuo del Paraíso Terrenal. El Lucifer de Milton se aparta de las representaciones convencionales del mal, pues es descrito como un ser atormentado por pasiones muy similares a las humanas. Las dudas y las disquisiciones filosóficas o teológicas de Ahab, así como su sensación de víctima desairada, son las mismas de Lucifer. Y, al igual que el ángel caído, el viejo capitán se rebela contra Dios y convierte la venganza en el objetivo de su existencia. Por otra parte, la simbólica imaginería náutica que emplea Milton esconde una velada pero honda crítica al espíritu mercantilista del pueblo británico durante la época. Desde esta perspectiva, Lucifer encarna todas las fuerzas del mal del expansionismo británico, que corrompe y destruye el paraíso idílico de las colonias, ecos que resuenan poderosos en la novela de Melville, aunque en este caso sea Estados Unidos el objetivo central de su crítica. Los elementos alegóricos de la novela, en fin, se convierten en armazón de una compleja diatriba contra una sociedad y una época que no se diferencian mucho de la nuestra.

ESTA ADAPTACIÓN

La estructura argumental de *Moby Dick* responde a la clásica división en tres partes: *presentación* (la descripción del mundo de Nantucket y de la tripulación del *Pequod*), *nudo* (el viaje a la captura de ballenas que acaba transformándose en persecución obsesiva de Moby Dick) y *desenlace* (los tres intentos de cazar a la ballena blanca, el hundimiento del *Pequod* y la muerte de todos sus tripulantes, con excepción de Ismael). La novela tiene, pues, un carácter episódico cuyo hilo conductor lo proporciona el viaje. La trama argumental se entreteje, sin embargo, con largos —y a veces técnicos y tediosos— capítulos dedicados a la vida de los cetáceos y a la profesión de marino o arponero, entre otra diversidad de temas. Y es que, como hemos dicho, *Moby Dick* tiene vocación enciclopédica y sus páginas constituyen, además de una obra literaria, un tratado científico y filosófico. Existen, así, dos niveles discursivos complementarios en la obra: el discurso narrativo de la aventura del *Pequod* y su tripulación, y el discurso cultural y científico, que enmarca desde esa perspectiva los sucesos del relato pero que casi invariablemente interrumpe la acción novelesca y con frecuencia la lastra. El texto está dividido en 135 capítulos que componen un grueso volumen de setecientas páginas. Su lenguaje incluye un variado muestrario de registros y dialectos, desde la expresión llana de los marineros al verbo lírico que Melville despliega en ciertos pasajes descriptivos de la novela.

Adaptar semejante novela no es tarea fácil, pues exige un disciplinado ejercicio de renuncia de todo lo que puede resultar superfluo, con el fin de destilar la esencia de la obra, aunque con ello se puedan perder algunos matices. Sin embargo, pocos clásicos como *Moby Dick* piden a gritos una adaptación que acerque la obra al lector de nuestros días: su largo aliento, su afán enciclopédico y sus dilatadas disquisiciones filosóficas desanimarían a más de un joven que quisiera abordar la lectura de la obra en su versión original, y más aún si confía en encontrarse con una novela que tradicionalmente se ha asociado con la literatura infantil y juvenil. Geraldine McCaughrean ha elaborado una versión impecable de *Moby Dick*, que condensa los elementos más importantes del original en doce capítulos compuestos con un ritmo ágil y un lenguaje ameno y de altura literaria. Se trata de una adaptación muy equilibrada que proporciona las claves maestras para entender la novela y se mantiene siempre fiel al texto de Melville: con el énfasis puesto en la trama argumental, McCaughrean contrapesa la narración con vivos diálogos, presta la atención debida a la caracterización física y psicológica de los personajes, dosifica las reflexiones filosóficas de Ismael y Ahab y no olvida incorporar algunos datos curiosos y relevantes sobre las ballenas y la vida a bordo que se corresponden con la parte científica de la obra original. De ese modo el lector tiene una visión completa, aunque reducida, de la novela de Melville. Pero la magnífica novelista que es McCaughrean no se limita a ofrecernos una mera versión breve y destilada de *Moby Dick*, pues su comprensión profunda de esta obra y sus propias dotes narrativas la han inducido a agregar algún pasaje con el que pretende iluminar la psicología de ciertos personajes o el sentido de la novela. Ése es el caso del epílogo de la adaptación, un breve capítulo que devuelve a Ismael a la coordenada temporal del presente narrativo y que conecta con las palabras iniciales del relato, dos párrafos con los que McCaughrean comenta la enfermiza obsesión del narrador con la ballena. Con ello persigue la autora realzar el efecto que las experiencias vividas a bordo del *Pequod* han tenido en el espíritu de Ismael, transformado para siempre por su encuentro con Ahab y la ballena blanca, al igual que suele ocurrirles también a todos y cada uno de los lectores tras conocer esta magistral novela.

MOBY DICK

El arponero tatuado

Hay una ballena en el mar, blanca como un fantasma, y se me aparece. Se me aparece en las noches de invierno, cuando el cielo se agita como un enorme mar de olas grises y el viento arquea su espalda en torno de mi cuerpo. Se me aparece también en verano, cuando el sol arde con todas sus fuerzas y arrasa los campos con su lengua de fuego y le da a la hierba el color verde del mar.

A veces, cuando floto en el sueño como un náufrago a la deriva, la ballena avanza hacia mí y cubre de blanco mis pesadillas, y abre sus fauces para devorarme, y despierto gritando, empapado en un sudor que sabe a sal marina. En algún lugar de los insondables océanos vive Moby Dick, una ballena tan blanca como un paisaje de invierno, y todavía me estremezco al pensar en ella. Incluso bajo el sol del cálido verano.

Llamadme Ismael. Ése bien podría ser mi nombre, porque soy de un lugar de gentes devotas que acuden a menudo a misa y consultan la Biblia para dar nombre a sus hijos. Quizá mis padres también lo hicieran. En cualquier caso, avanzada su vida, un hombre puede elegir el nombre que mejor se adapte a su naturaleza y su experiencia. Por eso me llamo a mí mismo Ismael, como aquel hijo de Abraham que fue desterrado a la aridez del desierto. Lo separaron de los otros hombres, pero Dios no lo abandonó, sino que escuchó su grito y le tendió la mano.[1] 'Dios escucha': eso quiere decir Ismael. Un hombre podría tener un nombre peor: "Ahab", por ejemplo.[2]

Aquel Ismael de la Biblia fue un hombre rebelde y nómada que galopó por el ancho mundo y no se estableció jamás en parte alguna. Así soy yo. Supongo que por eso en cierto momento de mi vida, tras haber ejercido de maestro y haber salido al mar cinco veces en un barco mercante, se me metió en la cabeza la idea de ir a la caza de ballenas. Tenía poco o ningún dinero en el bolsillo y sentía en el alma la tristeza y la lluvia de noviembre, así que me calcé mis botas remendadas, metí dos camisas en mi gastado saco de marinero y me encaminé a Nantucket, la isla desde la que zarpan los barcos balleneros hacia los mares del mundo.[3]

Antes de llegar a Nantucket tuve que pasar un día y dos noches en New Bedford, un sitio extraño donde hay cuadros de cachalotes por to-

---

1 Ismael representa la figura del exilado porque su padre, Abraham, lo expulsó de casa y lo desterró al desierto obedeciendo un mandato divino (Génesis, 21). No obstante, Dios permitió que Ismael fundara su propio linaje, que fue numerosísimo.

2 Lo mismo que Ismael, Ajab es un personaje bíblico. Se trata de un rey israelita que provocó la ira de Yahveh cuando erigió un templo para adorar al dios cananeo Baal (Reyes I, 16, 33). Como veremos, en *Moby Dick* recibe el nombre de Ahab un personaje que también ofende a Dios por adorar a quien no debe.

3 La isla de Nantucket está situada frente a Massachussets, en la costa este de Estados Unidos y cerca de la frontera con Canadá. Durante el siglo xix, fue un importante puerto ballenero, lo mismo que la ciudad portuaria de New Bedford, a la que se hará alusión de inmediato.

das partes, donde la dote[4] de las solteras suele ser una ballena y donde todas las casas se alumbran de noche con velas de esperma de cetáceo.[5] Llegué a la ciudad avanzada la noche, bajo un frío que helaba los huesos y en medio de una oscuridad tan densa que apenas veía por dónde iba. Oí el chirrido del rótulo de un local, y así descubrí una posada barata con los muros carcomidos por el salitre: la POSADA DEL CHORRO. En el dintel, estaban garabateadas con letras negras las palabras PROPIETARIO: PETER COFFIN. Desde luego, aquel apellido era un mal presagio, pero supongo que nadie tiene la culpa del apellido que lleva.[6]

El caso es que entré y pregunté si tenían cama para aquella noche.

—Si no te importa compartirla con un arponero… —me contestó Peter Coffin con una sonrisa burlona.

Los clientes que estaban cerca hundieron la nariz en su cerveza y se rieron con disimulo mientras me miraban de reojo.

—No suelo dormir en compañía —repliqué—, pero si no tiene nada mejor…

Aunque nunca antes había ido a la caza de ballenas, sabía que los arponeros suelen ser hombres grandes y poco refinados que no tienen la costumbre de bañarse a diario, así que me daban picores sólo de pensar en el tipo con quien habría de compartir la almohada.

—Me gustaría echarle una ojeada a ese arponero antes de meterme en la cama con él —dije—. ¿Está por aquí?

—No ha vuelto todavía —me respondió Peter Coffin mientras secaba una jarra—. Ha salido a vender su cabeza y, por lo que se ve, le está costando encontrar a un comprador.

Creí que estaba de broma.

---

4 *dote*: conjunto de bienes que la mujer aporta al matrimonio.

5 Los *cetáceos* son la familia de peces a la que pertenecen las ballenas, los cachalotes y los delfines. Por otro lado, lo que se conoce como *esperma de ballena* es en realidad una especie de aceite que la ballena tiene en la cabeza y que desempeña una función muy importante en su sistema de orientación.

6 En inglés, *coffin* quiere decir 'ataúd'. El nombre de la posada alude al chorro de agua que expulsan las ballenas por el orificio nasal que tienen en la cabeza.

—¿Ah, sí? —dije.

—Sí, ya ha vendido las otras cuatro, pero intenta deshacerse de la quinta… No sé si es caníbal o no, pero es buen pagador, y a mí me basta con eso para saber que es buena gente.

Era muy tarde ya, y yo estaba demasiado cansado para escuchar cuentos sin pies ni cabeza, así que me fui a la cama. El cuarto era muy frío, y la cama poco elegante, pero he dormido en sitios peores. Mientras me metía bajo las mantas, no dejaba de preguntarme quién se iba a acostar a mi lado. Un loco de atar, por lo que había oído. ¿Así que vendía su cabeza? Vaya, vaya…

Junto a la cabecera de la cama descansaba su arpón. Era una lanza hueca de metal con la punta llena de terribles lengüetas: dolía nada más verla. Aunque tengo bastante fuerza, me habría costado levantarla, y no digamos arrojarla contra una ballena.

El colchón era tan incómodo como si estuviera relleno de mazorcas de maíz, así que me costó mucho conciliar el sueño. Y lo peor fue que, justo cuando me adormilaba, oí pasos en la escalera. Decidí hacerme el dormido, de modo que la primera vez que vi a Quiqueg fue con los ojos entrecerrados. Su aspecto era temible, pues en una mano llevaba un *tomahawk* indio —un hacha de aspecto letal—,[7] y en la otra una cabeza humana reducida. Su propia cara era casi tan fea como la que llevaba en la mano, pues la tenía tatuada con volutas[8] de color púrpura y cuadrados negros, y en el centro de su frente se erguía un único mechón de pelo retorcido como un remolino. Cuando se quitó la ropa, vi que también su cuerpo estaba lleno de cuadrados rojos y negros, y que por las piernas tenía varias columnas de ranas tatuadas.

De una bolsa de cuero sacó un pequeño objeto marrón. Al principio me pareció un bebé, pero no era más que la talla de madera de un hombrecillo jorobado y en cuclillas. La colocó en el suelo y empezó a rezarle moviendo los labios en un cántico silencioso. Su aliento se veía en el aire gélido.[9] «¡Sólo un salvaje le reza a un ídolo de madera!», pensé, remilgado y desdeñoso como una vieja solterona.

De pronto, Quiqueg apagó el quinqué,[10] y el cuarto se hundió en las tinieblas. Entonces se metió de un salto en la cama, y yo empecé a gritar:

—¡Ay, ay!

---

7 *letal*: mortal.

8 *voluta*: figura en forma de espiral.

9 *gélido*: muy frío.

10 *quinqué*: lámpara alimentada con aceite o petróleo.

—¿Quién estar ahí? —dijo el salvaje mientras me exploraba con sus manazas como un pianista ciego ante un teclado—. ¿Quién ser tú? ¿Qué hacer en mi cama?

—¡Coffin, Coffin! —aullé.

—¡Tú decirme quién ser o yo matarte!

—¡Peter Coffin! —volví a gritar, con tanta fuerza que estuve a punto de desgañitarme.

El patrón irrumpió en la habitación, pensando que se iba a encontrar con un incendio o un aparecido. Su candil nos salpicó de luz amarilla. Pero cuando me vio enroscado como un erizo, y a Quiqueg tratando de levantarme por la fuerza, se quedó en la puerta y rió con ganas.

—¡Sálveme! —chillé—. ¡Es un caníbal! ¡No deje que me corte la cabeza!

—¡Santo Dios, menudo jaleo! —rió Coffin—. Lo siento, Quiqueg: este amigo necesitaba una cama, así que le dije que podía compartir la tuya. ¡Eh, tú, marinero, Quiqueg no quiere hacerte ningún daño! Manso como un alce, así es nuestro Quiqueg. Deja de gritar como un papagayo y ponte a dormir.

Cuando Coffin se fue, en el cuarto se impuso un silencio embarazoso.

—Lo siento —dije—. Ha sido un malentendido.

—No importa —me respondió Quiqueg desde la oscuridad—. Vosotros los cristianos darme grandes sustos a veces.

Pensándolo bien, era un caníbal bastante limpio y amable, y, a fin de cuentas, era mejor dormir con un caníbal sobrio que con un cristiano borracho. Cuando me desperté a la mañana siguiente, el brazo de Quiqueg

me rodeaba el cuello: cualquiera habría creído que éramos dos recién casados. Después del desayuno, Quiqueg me contó su historia, y entonces me di cuenta de que era mucho más civilizado que algunos de los cristianos que he conocido. Aunque imponía respeto, a través de sus fantasmagóricos tatuajes asomaba un corazón sencillo y honrado, y en sus grandes y feroces ojos negros se vislumbraba un espíritu valiente capaz de plantar cara a mil diablos. Las cabezas que llevaba atadas en un cordel como una siniestra ristra de cebollas no las había reducido él, sino que las había comprado en Nueva Zelanda para revenderlas como curiosidades a los americanos. Por otro lado, Quiqueg era nada menos que un noble en su tierra, pues su padre era el rey de Kokovoko, una isla polinesia que no aparecía en los mapas porque los lugares de verdad nunca aparecen. Cuando acabamos de contarnos nuestras vidas y de hablar de las satisfacciones y miedos que produce el mar, comprendí que había hecho un amigo para toda la vida.

—Yojo dice que tú encontrar un barco ballenero para nosotros —anunció Quiqueg señalando a su idolillo de madera—. Nosotros dos navegar alrededor del mundo.

—Ojalá nos contraten en el mismo barco —dije.

—Lo harán: desde hoy tú y yo estar casados.

Aquellas palabras me sorprendieron, pero enseguida comprendí que eran una expresión propia de la tierra de Quiqueg. Lo que aquel afable indígena quería darme a entender era que, en adelante, seríamos dos amigos entrañables.

El "Pequod"

Al día siguiente era domingo y hacía un tiempo terrible. La lluvia me sorprendió en una de las calles de New Bedford, así que decidí refugiarme en el primer lugar que encontré: una capilla a la que acudían los balleneros antes de hacerse a la mar. En el interior, abundaban las lápidas de marineros muertos, y al leerlas sentí un escalofrío: «Sí, Ismael», me dije, «quizá también a ti te aguarde ese destino». Pero tenía demasiadas ganas de embarcarme como para dejarme vencer por el miedo.

El cura se llamaba Mapple y se hallaba en el duro invierno de una sana vejez: más tarde supe que había sido arponero en su lejana juventud. Cuando subió al púlpito,[1] pensé de pronto que el mundo es un barco en su viaje de ida, un viaje que no tiene vuelta, y que el púlpito de la iglesia es la proa de ese barco que nunca regresa.

—«Y Dios había preparado un gran pez para que se tragara a Jonás…» —empezó el padre Mapple.

Y luego contó cómo Jonás había recibido un mandato de Dios: debía dirigirse a Nínive y anunciarles a sus habitantes que la ciudad iba a ser des-

---

1 *púlpito*: plataforma elevada que tienen algunas iglesias, y a la que se sube el párroco para predicar.

truida. Pero Jonás no quiso cumplir aquella orden, y creyó que, navegando muy lejos de su patria, podría llegar a un lugar donde Dios no reinara.

—Jonás fue un hombre despreciable —sentenció el padre Mapple—, pues quiso escapar de Dios. Pero el mar se rebeló y armó una tempestad terrible. La tripulación del barco comprendió que la tormenta era culpa de Jonás y lo echó al agua, donde una ballena lo devoró. Desde el vientre del animal, Jonás gimió por su liberación. Se arrepintió de haber huido de Dios, y entonces el Señor hizo que la ballena vomitara a Jonás en tierra firme. Por eso os digo, compañeros, que no pequéis, pero que, si lo hacéis, cuidéis de arrepentiros como hizo Jonás.[2] Porque la salvación es para aquel que aún conserva el vigor de su alma cuando el navío de este mundo traidor se ha hundido bajo sus pies.

Después de decir aquello, el padre Mapple nos echó una bendición, se cubrió la cara con las manos y permaneció de rodillas hasta que todos nos hubimos marchado.

A la mañana siguiente, tomamos la goleta[3] para Nantucket y, en cuanto desembarcamos, busqué en el puerto un barco que me gustara. Me decidí por el *Pequod* nada más verlo.[4] Era una nave robusta y curtida, y estaba engalanada con los huesos de las ballenas que se habían cazado en ella. Tenía toda la barandilla incrustada de dientes de cetáceo, una quijada de cachalote de cinco metros en lugar de bauprés[5] y una mandíbula de ballena a modo de timón. Parecía como si el *Pequod* hubiera iniciado una metamorfosis de barco en ballena.

Ansioso por iniciar mi gran aventura, atravesé la pasarela y ofrecí mis servicios a un hombre que estaba sentado tras una mesa en la cubierta del barco. Iba vestido de negro como un cuáquero[6] y, cuando levantó la cara

---

2 La historia del profeta Jonás se cuenta en un libro del Antiguo Testamento que lleva precisamente el nombre del personaje que lo protagoniza: *Jonás*.

3 *goleta*: pequeña embarcación de dos palos.

4 Los *pequod* eran una antigua tribu de indios norteamericanos, hoy extinguida. Sobre el simbolismo del nombre, véase la p. 20 de la «Introducción».

5 *quijada*: mandíbula; *bauprés*: palo grueso situado en la parte delantera del barco.

6 Los *cuáqueros* son miembros de una iglesia protestante fundada en el siglo XVIII, que destacan por su fervor religioso y la sencillez de sus costumbres.

para mirarme, vi que tenía los rasgos de un fanático. En aquel momento, trataba de discernir si yo era un santo o un pecador.

—¿Es usted el capitán del *Pequod*? —le pregunté.

—No —respondió—. Soy el capitán Péleg.[7] Me ocupo de que el *Pequod* tenga todo lo necesario para el viaje. Por ejemplo, una buena tripulación. Pero, ¿para qué quieres ver al capitán del *Pequod*?

---

7 Como el de tantos otros personajes en la novela, Péleg es un nombre bíblico: corresponde a uno de los descendientes de Noé.

—Pensaba embarcarme.

—Vaya, vaya, ¿así que pensabas embarcarte? Ya veo que no eres de Nantucket. ¿Has cazado ballenas alguna vez?

—No, señor, nunca, pero aprenderé enseguida. He hecho cinco viajes en barcos mercantes y…

—¡El diablo se lleve a la marina mercante! —se rió—. ¿A eso le llamas navegar? Pero, ¡por la cola de todas las ballenas! ¿Por qué demonios quieres enrolarte en un barco ballenero? ¿No habrás sido pirata? ¡A lo mejor le has robado a tu último capitán! ¿Cómo sé que no pretendes asesinar a mis oficiales en cuanto zarpéis?

Me quedé estupefacto.

—Lo único que quiero es ver los siete mares —me defendí.

—Bueno, pues echa una ojeada a eso de ahí delante —dijo señalando el agua gris que se perdía en la niebla—. Todos los mares se parecen a eso. ¿Vas a poner en riesgo tu vida durante tres años para ver agua?

—He oído tantas cosas sobre la caza de la ballena que me gustaría probar…

—¿Probar? Desde luego, no tienes ni idea de dónde te estás metiendo. Échale un vistazo al capitán Ahab y verás lo que se te viene encima.

—¿Quién es Ahab?

—Ahab es el capitán del *Pequod* y, para que lo sepas, no perdió la pierna en la guerra.

—¿Quiere decir que se la arrancó una ballena?

—Quiero decir que su pierna fue aplastada, masticada y devorada por la ballena más monstruosa que jamás se ha visto en el mar. Pero ya veo que estás decidido a condenarte… —dijo mientras me tendía el libro de registro del barco—. Muy bien: firma aquí. Ganarás una parte de cada trescientas en que se dividan las capturas.

No era mucho, pero firmé sin pensármelo dos veces.

—Tengo un amigo que también quiere embarcarse —dije entonces. El registro estaba lleno de nombres tan exóticos como Tahití, Tashtego y Daggoo, por lo que pensé que al tal Péleg no le importaría llevar a un salvaje más a bordo.

—¿Qué tipo de amigo? ¿Ha cazado ballenas alguna vez?

—Desde luego. Es arponero, se llama Quiqueg y ha matado más ballenas de las que uno puede contar.

—Entonces que venga. Los de las islas son los mejores balleneros, quizá porque la ballena es en sí misma una especie de isla... Si ese amigo tuyo demuestra que vale para el trabajo, podréis colgar juntos vuestras hamacas. Zarpamos el día de Navidad, no lo olvides.

—Oiga —dije entonces—, me gustaría ver al capitán Ahab.

—¿Para qué? Ya estás enrolado.

—Lo sé, pero me gustaría verle.

—Imposible. No sé qué le pasa exactamente, pero está encerrado en su casa. Es un hombre raro, pero no tengas miedo: te gustará. Desde que perdió la pierna anda a menudo de mal humor, aunque hay que perdonárselo. Blasfema con frecuencia y tiene la mala costumbre de compararse con Dios, pero en el fondo es buena gente.

Al día siguiente volví al alcázar[8] del *Pequod* cargado con mi saco de marinero y acompañado por Quiqueg. Ahab no aparecía, pero, en cambio, había muchos otros tripulantes a la vista.

—Oye, Quohog, o como te llames —le dijo Péleg a mi amigo en son de burla—, ¿de verdad has cazado ballenas alguna vez?

Quiqueg decidió demostrárselo con hechos, de manera que señaló un noray[9] del puerto, que era lo único que podía verse en medio de la densa niebla.

—¿Ver tú esa mancha en noray? —le dijo Quiqueg a Péleg, refiriéndose a un desconchón—. Pues tú imaginar que es ojo de ballena.

Sin decir nada más, Quiqueg levantó el arpón y lo lanzó contra el noray. Se clavó justo en el desconchón, y el noray vibró con una sola nota siniestra que sonó a hueco. Solté un silbido de admiración.

—Esa ballena estar muerta ahora —presumió Quiqueg.

---

8 *alcázar*: parte de la cubierta superior que queda entre el centro del barco y su extremo trasero.

9 *noray*: poste situado en el puerto al que se amarran con cuerdas las embarcaciones.

—Firma aquí —le dijo Péleg sin poder disimular su admiración—. Te daremos una parte de noventa: es más de lo que se le ha dado nunca a un arponero salido de Nantucket.

Péleg apuntó mal el nombre de mi amigo: *Quohog*, escribió. Pero Quiqueg no se dio cuenta, y firmó con una cruz. «Le van a pagar mucho más que a mí», pensé, pero sabía que, en un barco ballenero, los arponeros son la gente más valiosa.

—Voy a recoger tu arpón —le dije entonces a Quiqueg.

De modo que bajé al muelle. El arpón estaba tan bien clavado que me costó Dios y ayuda arrancarlo. Cuando por fin lo logré, una figura pálida vestida con andrajos surgió tambaleándose de entre un montón de cajas y fardos y avanzó hacia mí como un fantasma entre la niebla.

—¡Soy Elías! —dijo con un aullido vacilante.

Contesté con una de esas sonrisas educadas que uno reserva a los locos.

—Es un buen nombre para un profeta —dije—. ¿Va a predecir algo?[10]

—¿Te has enrolado en ese barco? —preguntó señalando al *Pequod*.

—Sí —respondí.

—¿Y has visto ya al Viejo Trueno?

—¿A quién?

—A Ahab, naturalmente. ¡Al endemoniado Ahab!

—Bueno, no, todavía no. Dicen que está enfermo, pero al parecer va mejorando.

—¡El día que Ahab se encuentre mejor, le pasará lo mismo a este brazo mío! —Elías sacudió la manga derecha de su chaquetón: estaba vacía—. ¡Escuchadme, no naveguéis nunca por cuestiones del demonio! ¡Porque en verdad os digo que Ahab es un demonio! Navegué con él una vez, ¡y sé lo que sé! ¿No lleva el nombre mismo de la maldad? ¿No era el rey Ahab el hombre más malvado de la Biblia, el que mató a los profetas del Señor y adoró a los ídolos paganos?

—Supongo que él no tiene la culpa de que su madre le pusiera ese nombre…

—¿Has visto los demonios que tiene escondidos en su barco? ¡Su obra es la obra de Satanás, y su cerebro es el cerebro de Satanás, y no va a ningún sitio más que al infierno! ¡No naveguéis con Ahab! Yo lo hice una vez, ¡y sé lo que sé!

Al oír aquello, los pelos se me pusieron de punta. Quería preguntarle algo a Elías, pero justo entonces una carreta tirada por caballos se interpuso entre nosotros y, cuando hubo pasado, Elías había desaparecido.

«Es un viejo loco», me dije para calmarme. Pero lo cierto era que el corazón se me había llenado de inquietudes y sospechas sobre el capitán Ahab, aquel hombre misterioso al que aún no conocía.

---

10 En la Biblia, Elías es el nombre de un profeta que predica la fe en Yahveh y anuncia que el reino de Ajab será castigado con una terrible sequía (Reyes I, 17-21; Reyes II, 1-2).

El doblón de oro

Los barcos como el *Pequod* no son propiedad de un magnate blancuzco y gordo que se frota las manos llenas de anillos en alguna oficina de Nueva York. Tampoco pertenecen a sus capitanes. Pueblos enteros son sus propietarios: viudas y marineros jubilados, clérigos y drogueros, prósperos tenderos y míseros orfanatos pueden ser dueños de pequeñas participaciones de un solo ballenero de Nantucket, pues la gente de la isla suele invertir su dinero en esos barcos. De modo que, cuando un ballenero se hace a la mar, son muchas las personas que acuden a verlo zarpar. Miran cómo se desvanece su inversión en el horizonte, y suplican a Dios para que el barco vuelva, pues el ballenero es su medio de subsistencia. Son muchas las cosas que dependen del éxito del viaje.

El *Pequod* se hizo a la mar la mañana de Navidad, mientras el sol descansaba sobre las nubes como el niño Jesús sobre la paja de su pesebre. Para entonces, aún no le habíamos echado el ojo encima al misterioso capitán Ahab, que permanecía invisible bajo cubierta. Cuanto más tardaba en salir, más miedo le teníamos. Su cabina era una especie de santuario en el que no entraba nadie por temor a encontrarse con Dios.

Le oíamos, sin embargo. Por la noche, mientras nos balanceábamos en nuestras hamacas, oíamos cómo Ahab recorría la cubierta sobre nuestras cabezas. A cada paso que daba notábamos un sonido sordo seguido por un agudo crujido: primero el pie de un hombre, y después el agudo golpeteo de una pierna postiza.

El primer oficial del *Pequod* se llamaba Starbuck, y era un cuáquero alto y serio con una piel tersa de egipcio. Hombre práctico y sensato, era el único que se comunicaba con Ahab. Una noche oí que le decía:

—¿Por qué no descansa, capitán? Va a despertar a los hombres con el ruido de su pierna.

—¿Por qué habrían de dormir? —respondió Ahab con un murmullo—. ¿Acaso duermo yo? Además, si oyen mi pierna de hueso de ballena, soñarán con ballenas, y eso les conviene. ¿Qué sentido tendría soñar con algo que no sean ballenas?

Paseé la vista alrededor, por la crujiente oscuridad. A cada instante me acordaba de las palabras del loco Elías. ¿Quiénes serían los demonios a los que se había referido? No podían ser, desde luego, los hombres que roncaban a mi lado. Algunos de ellos eran exóticos, pero no podía decirse que fuesen demonios. El más desagradable de todos se llamaba Bildad, y era uno de los principales propietarios del barco.[1] Pasaba de los sesenta años y era un hombre terco, poco tratable y muy temeroso de Dios. Se sabía de memoria todos los versículos de la Biblia, y era un gran tacaño que explotaba a los hombres hasta extraerles la última gota de sudor. Pretendía que a mí se me concediera tan sólo una setecientas setenta y sieteava parte de las capturas. En cualquier caso, al cabo de unos días él y Péleg abandonaron el barco y regresaron a Nantucket.

Luego estaba Tashtego, un piel roja con unos miembros ágiles de serpiente y una melena rojinegra tan larga como la de una mujer. Y también Daggoo, un africano alto como un ciprés y negro como el carbón sin más patrimonio que dos enormes aretes de oro. Nadie en su sano juicio habría intentado robárselos: Daggoo era grande como un toro y alto como una jirafa. Desde luego, ninguno de los dos era un demonio, ni tampoco el

---

1 Bildad es un personaje bíblico, amigo del sabio y paciente Job, a quien le habla en tono severo y solemne sobre la justicia de Dios, el destino de los malvados y la impureza humana (Job, 8).

resto de la tripulación, que contaba con hombres de Groenlandia, de las islas Shetland[2] y de Gales. Podían ser bárbaros, pero nadie con una pizca de caridad los habría llamado demonios, por lo que concluí que el tal Elías era un chiflado que disparataba de lo lindo.

Durante tres semanas, Ahab no se dejó ver. Luego, de repente, un día alzamos la vista y descubrimos que estaba allí, sobre nosotros, en el alcázar. Era un hombre alto y delgado y vestía de negro de pies a cabeza, lo que hacía que destacase muchísimo el blanco de su pierna postiza de hueso de ballena. Su figura parecía de bronce macizo. Tenía los ojos perdidos tras una maraña de arrugas, pues se había pasado la vida oteando el horizonte y dándole la cara al sol y al viento. Su rostro era largo y sin expresión, como esas caras monumentales que asoman en la costa de la isla de Pascua.[3] Envejecida prematuramente por la intemperie, la cara de Ahab estaba desfigurada por una cicatriz que empezaba donde le nacía el pelo y se perdía en el cuello. Parecía como si a nuestro capitán lo hubieran partido en dos y luego lo hubiesen cosido con hilo y aguja, o como si lo hubieran construido con las mitades de dos hombres diferentes.

Ahab mantenía el equilibrio gracias a que había encajado la punta de su pata de hueso de ballena en un agujero de la cubierta. De pronto, bajó la mirada hacia nosotros, frunció el ceño como si hubiera descubierto una tempestad en el horizonte y rugió con todas sus fuerzas:

—¡Decidme! ¿Qué tenéis que hacer si veis una ballena?

—¡Gritar, señor, para señalarla! —rugimos al unísono.

—¿Y luego qué?

—¡Arriar las lanchas y perseguirla, señor!

Ahab pareció ferozmente satisfecho. Entonces, levantó algo que tenía en la mano y dijo:

—¡Aquí hay un doblón de oro ecuatoriano![4] ¡Una pieza que vale dieciséis dólares! ¿La veis? ¡Señor Starbuck, páseme ese mazo!

2 Las islas Shetland están situadas al norte de Gran Bretaña.

3 Ismael se refiere, por supuesto, a las colosales esculturas de piedra que se hallan en las costas de la isla de Pascua, en la Polinesia, y que representan caras humanas.

4 *doblón*: moneda de oro de origen español.

Ahab colocó la enorme moneda resplandeciente ante el palo mayor, lo más alta que pudo, y la atravesó con un clavo valiéndose del mazo.

—Esto es para el hombre que dé caza a cierta ballena blanca —dijo entonces—. La reconoceréis nada más verla: tiene la frente arrugada y la mandíbula torcida, tres agujeros en la aleta derecha y un arpón retorcido en la joroba. Se lo clavé yo.

—Yo ver esa ballena blanca —murmuró Quiqueg a mi lado—. En último viaje, clavé arpón, pero ella escapar.

—¡Debo encontrar esa ballena! —insistió Ahab—. ¡Y a fe que lo haré!

—Habla de Moby Dick, ¿verdad, capitán? —preguntó Tashtego.

—¡De Moby Dick, sí!

—¿No es la ballena que le arrancó la pierna, capitán? —dijo Starbuck junto al hombro de su capitán.

Lo dijo con serenidad, pero Ahab contestó como si todos estuviéramos burlándonos de su cojera, y nos lanzó una mirada furiosa:

—¿Quién ha dicho eso? —rugió, como una fiera herida en pleno corazón—. ¡Sí! Moby Dick es la bestia que me arrancó la pierna y que me convirtió en este medio hombre lisiado que anda dando tumbos… Pero la próxima vez me las pagará. ¡La perseguiré hasta el fin del mundo, aun-

que tenga que doblar el cabo de Buena Esperanza y el cabo de Hornos si es preciso![5] La perseguiremos de Noruega al Ecuador y hasta el infierno si hace falta, pero os juro que Moby Dick acabará escupiendo un chorro de sangre negra por su maldita boca. Para eso os habéis embarcado, para perseguir a esa ballena blanca por todos los derroteros de la tierra. ¿Qué me decís a eso, miembros de la tripulación?

Era un discurso espeluznante. Todos estábamos de puntillas, mirando ya hacia el mar, jurando dar muerte a la ballena blanca como si se hubiera tragado a nuestra propia madre. Dieciséis dólares era el salario que una persona normal cobraba en un año, así que, en nuestra imaginación, todos nos estábamos gastando mentalmente aquella moneda de oro. Por lo menos, yo lo estaba haciendo.

Sólo Starbuck tenía cara de funeral.

—¿A qué viene esa cara tan larga, cuáquero? —gruñó Ahab, perdiendo levemente el equilibrio—. ¿Acaso estoy proponiendo una empresa demasiado arriesgada para usted?

—Oh, arriesgaré cualquier cosa por la empresa —dijo Starbuck—. Iré tras el arpón hasta meterme en la boca de la ballena para asegurarme de que consigo su aceite. Ése es mi trabajo, el aceite. Para eso estamos aquí. Para obtener beneficios consiguiendo aceite. ¿Pero venganza? ¿Qué ganancia hay en eso? ¿Cuántos barriles de aceite le dará la venganza? ¿Cree que le pagarán mucho por ella en el mercado de Nantucket?

Ahab sacudió su gran cabeza de lado a lado y enseñó los dientes con una sonrisa carente del menor humor.

—¡Dinero! ¿Es eso lo que le preocupa, señor Starbuck? ¡Bien, pues si el dinero es el origen y el final de todo, este planeta nuestro pertenece a los contables, y las estrellas sólo cuelgan ahí arriba para que las contemos y las ingresemos en un banco! Pero, por si le interesa, cuáquero, ¡mi venganza me hará más rico aquí! —dijo Ahab golpeándose el pecho.

Starbuck parecía más horrorizado que nunca.

---

5 El cabo de Buena Esperanza se encuentra en el extremo sur del continente africano, mientras que el cabo de Hornos se halla en el extremo sur de Sudamérica.

—¿De veras quiere cazar a una estúpida bestia para castigarla por algo que hizo siguiendo un instinto ciego? ¡Vamos, capitán, eso es una locura, una blasfemia!

Ahab giró sobre su hueso de ballena, hinchándose de rabia como una vela negra en medio de un vendaval, y clavó los dedos de las dos manos en los hombros de Starbuck.

—¿Una blasfemia? —bramó, salpicando de saliva la cara del oficial—. ¡Arrancaría el mismo sol del cielo si se atreviera a insultarme! Y ese enorme animal marino me insulta. Su mera existencia me insulta. Es blanco, ¿no es cierto? Todo lo que teme el hombre es del color de esa ballena. Los fantasmas, las mortajas, las máscaras, las cosas invisibles y las cosas ciegas que se esconden bajo tierra. El blanco es un cero. Es alguien que debería estar y no está, el ojo sin pupila de un hombre ciego, el iceberg que se extiende por debajo del agua para desgarrar el casco de mi barco. Y blanca es también la bestia que se esconde en el fondo del océano, que me atormenta y no me deja descansar. Soy como un hombre preso y esa ballena es el muro que me encierra, ¡el muro que he de derribar para ser libre! Es una careta blanca, y no sé qué rostro hay al otro lado, riéndose de mí. ¿Me lo puede decir usted? ¡Hay que arrancarle la careta a ese monstruo para saber qué se esconde detrás y, cuando lo hayamos hecho, tendremos la respuesta a todas las preguntas!

Los dos hombres permanecieron inmóviles. Sus caras estaban tan cerca una de la otra que cada uno debía de estar respirando el aliento del otro. Starbuck se hallaba pálido, conmocionado, casi inconsciente. Había perdido, y Ahab lo sabía. Ahora ya estaba claro quién era el más fuerte. Starbuck se hallaba a merced de Ahab, quien tenía en los ojos un maligno brillo de satisfacción. En cambio, el oficial se encogió como si su capitán le hubiese arrancado las mismísimas entrañas.

Ahab reunió a sus arponeros, pidió una botella de ron y vertió el licor en el mango hueco de los arpones. Luego, levantó su copa para brindar, ordenó a sus hombres que unieran la punta de sus armas y puso su puño en la cima. Todos los arponeros compartían una única y ardiente ambición, que circuló como un relámpago por sus arpones levantados.

—¡Muerte a Moby Dick! —gritó Ahab.

—¡Muerte a Moby Dick! —corearon los arponeros, con los ojos muy abiertos, como niños que desafiaran algo enorme y peligroso—. ¡Y que Dios nos aniquile a todos si faltamos a nuestra palabra y no perseguimos a Moby Dick hasta acabar con ella!

Yo mismo estuve a punto de gritar como un desesperado, pero la cara de Starbuck me disuadió. Alguien me puso la botella de ron en la mano, y bebí un trago. El licor me ardió en el estómago como una llamarada de fuego y me golpeó en la cabeza como un puño.

—¡Muerte a Moby Dick! —grité con entusiasmo, haciendo mío el agravio[6] de Ahab. No tuve una sola duda: había que perseguir a aquella monstruosa ballena blanca por todo el planeta y matarla de una vez para que no siguiera infestando el océano. Los tripulantes del *Pequod* obraríamos como héroes: seríamos igual que Teseo cuando mató al Minotauro, igual que Perseo cuando acabó con la Medusa, igual que san Jorge cuando alanceó al dragón.[7]

—¡Muerte a Moby Dick! —gritaron todos los demás—. ¡Muerte a Moby Dick!

El sol hacía relucir el doblón de oro en el palo mayor, y yo no podía apartar mis ojos de aquella fascinante moneda. «¡Muerte a Moby Dick y dieciséis dólares para mí!», me dije con absoluta convicción.

Entonces alguien empezó a bailar, y muy pronto todos estábamos danzando al son de la pandereta del pequeño Pip, un enclenque negrito de Alabama[8] que siempre estaba de buen humor. Mientras tanto, Ahab nos miraba desde arriba, erguido en el alcázar, y extendía sus manos so-

---

6 *agravio*: ofensa, humillación.

7 Ismael cita a tres héroes legendarios que acabaron con sendos monstruos. El griego Teseo mató al Minotauro, ser mitad hombre y mitad toro que vivía encerrado en el Laberinto de Creta. Otro héroe griego, Perseo, dio muerte a la Medusa, monstruo con cabellera de serpientes que convertía en piedra todo lo que miraba. Por último, san Jorge fue un caballero medieval que aniquiló a un dragón para rescatar a una doncella.

8 *enclenque*: 'débil'. Como se sabe, Alabama es un estado de Estados Unidos donde abundaba en el siglo XIX la población negra, que vivía en régimen de esclavitud, dedicada sobre todo a las labores agrícolas.

bre nosotros como si nos estuviera dando su bendición. Parecía un titiritero que moviera nuestros hilos, y nosotros éramos como marionetas que asumían como propio el odio que embriagaba el corazón de su señor. Era como si la ballena blanca hubiera mutilado a toda la tripulación del *Pequod* y no sólo a su capitán.

⁂

La cubierta parecía muy distinta unas horas más tarde, cuando ya había caído la noche. La tripulación dormía en sus coys[9] y el mar permanecía en absoluto silencio. Pip y yo estábamos de guardia y nos encargábamos de llevar el agua potable desde los barriles de la bodega a los del alcázar del capitán. Traíamos y llevábamos los cubos en silencio, sin decirnos nada, hasta que Pip exclamó de pronto:

—¡Escucha! ¿Oyes eso?

—No oigo nada —dije.

—Es alguien que respira.

—No son más que imaginaciones tuyas.

Nos hallábamos en el extremo opuesto del castillo de proa,[10] donde dormía la tripulación.

—Nada de eso. ¡Tengo muy buen oído! —dijo Pip—. Todavía lo oigo. Es una respiración, y una especie de balbuceo, como el de un hombre que hablara en sueños.

El barco empezó a balancearse, así que me aferré a la barandilla, cuyas incrustaciones de dientes de ballena se me clavaron en las manos. Y entonces también yo empecé a oír el ronquido: alguien estaba murmurando en sueños. ¿Acaso era el propio *Pequod*, que empezaba a convertirse en ser humano?

—Es por culpa de esta hora de la noche —le dije a Pip—. El mar te está gastando una broma.

---

9 *coy*: hamaca.
10 *castillo de proa*: zona elevada de la cubierta superior que queda en el extremo delantero del barco (la *proa*).

Pero Pip respondió ásperamente:

—Tengo muy buen oído, y no me dejo engañar así como así.

Y se apartó de mí, llevando su cubo hasta el barril de agua potable. Arriba, la luna brillaba con fuerza y relucía en el doblón de oro, que reflejaba su brillo por toda la cubierta, en forma de rombos. Parecía como si el barco hubiera contraído la lepra y en su piel empezaran a aparecer las primeras manchas blancas.

Los demonios de Ahab

A pesar de darle muchas vueltas al asunto, no comprendía lo que había querido decir Ahab al hablar de la maldad de lo blanco. La blancura ha sido siempre un símbolo de bienaventuranza: entre los romanos, una piedra blanca marcaba un día gozoso, y en el altar de los cristianos la blancura representa la inocencia de la novia. Antes de embarcarme en el *Pequod*, cuando alguien mencionaba la palabra "blanco", yo pensaba en templos de mármol, en la flor del almendro, en caballeros sobre blancos corceles, en mansos corderos, en bondadosos ángeles y en nieve sin pisar. En cambio, Ahab veía en la blancura de Moby Dick la encarnación de todos los males, y su alma sangraba al pensar en aquella ballena inmaculada. ¿No es extraño que un color pueda significar cosas tan distintas para dos personas diferentes? Para mí, una ballena blanca tenía que ser una ballena mejor que las demás, lo mismo que un elefante blanco es un animal sagrado en medio de la manada gris. Pero, claro, a mí Moby Dick no me había arrancado la pierna de un mordisco. Entiendo que eso pueda cambiar los sentimientos de un hombre con respecto al color blanco.

Una tarde de mucho bochorno, el indio Tashtego gritó desde la jarcia:[1]

—¡Por allí resopla!

Era una ballena. ¡Mi primera ballena! Cuando oyó el grito, Ahab apareció en cubierta sonriendo de oreja a oreja.

---

1 *jarcia*: conjunto de cuerdas que sujetan los palos de un barco.

—¿Dónde? —preguntó.

—¡A sotavento![3] —respondió Tashtego—. ¡A unas dos millas,[4] capitán! ¡Toda una manada de ballenas!

—Ha llegado la hora —sentenció Ahab.

Al poco, yo mismo pude ver el chorro que despedía la ballena. Estaba
lejos, sin embargo: parecía una vía de agua abierta en el horizonte, en el
preciso lugar donde el mar se juntaba con el cielo.

Los cachalotes resoplan con la regularidad de un reloj, así que no teníamos más que remar hacia donde habíamos visto su chorro y esperar a que
la fiera volviese a expulsar su torrente de agua. Nos pusimos, pues, a

---

3 *sotavento*: parte opuesta a aquella por donde viene el viento.
4 Es decir, 'a casi cuatro kilómetros', pues una *milla náutica* equivale a 1.852 metros.

arriar las lanchas, pero, cuando nos afanábamos en esa tarea, nos detuvimos de pronto, paralizados por la sorpresa. Por las escotillas de popa[5] habían salido cinco tipos a los que nunca antes habíamos visto. Parecían duendes escapados de alguna guarida subterránea, y pensamos incluso que eran piratas que habían asaltado la nave sin que nos diéramos cuenta, así que nos dominó el espanto. Sin embargo, enseguida subieron hasta el alcázar y se apiñaron en torno a Ahab, y entonces comprendimos lo que eran: simples balleneros. Tenían la piel cetrina[6] de los filipinos, lo que incluso entre la tripulación multicolor de nuestro barco los convertía en

5 *escotilla*: hueco o pequeña puerta que sirve para pasar de una cubierta a otra del barco; *popa*: parte trasera de un barco.
6 *cetrina*: de un color amarillo que tira al verde.

una rareza. Sé por propia experiencia que los filipinos sólo se enrolan en barcos cristianos para trabajar como espías a cuenta del demonio.

Uno de aquellos hombres era bastante más viejo que el resto. Tenía un único diente que le sobresalía entre los labios. Llevaba el pelo tapado, o, mejor dicho, recogido entre las vueltas de un turbante blanco. Blanco, sí. Ahora vuelvo a pensar en la primera vez que vi a Fedallah, y entiendo por qué el blanco, a fin de cuentas, puede asociarse con el mal.

Aquellos eran los demonios de Ahab, no había ninguna duda. Elías no me había mentido en el muelle. Y, si estaba en lo cierto sobre los demonios, ¿qué más cosas de las que me había dicho eran verdad?

Durante algunos instantes, nos miramos fijamente unos a otros. Estaba claro que en el barco había dos tripulaciones: por un lado, la tripulación legítima, contratada por los propietarios del *Pequod*, y por otra parte una tripulación secreta de polizones de la que nada nos habían dicho.

—¡Arriad las lanchas! —clamó Ahab con impaciencia.

Cuatro lanchas de arponeros, en lugar de tres, alcanzaron el agua. Cuatro dotaciones, en lugar de tres, izaron velas y se doblaron sobre los remos para dar alcance a los cachalotes. Los filipinos de Ahab, expertos asesinos de ballenas, no tardaron en dejar atrás al resto de las lanchas. Remaban con tanta fuerza que podrían haber adelantado a una canoa de combate llena de guerreros. Al verlos, todos sentimos una mezcla de admiración y envidia, asombro y desconfianza.

—Ésos son los que oíste respirar bajo cubierta, Pip —dije yo—. Los demonios de Ahab.

—¿Demonios? ¡Bah! Sólo son cinco hombres más dispuestos a echar una mano —dijo Stubb, el segundo oficial, un hombre despreocupado, ni cobarde ni valiente, que tomaba los peligros según venían y que era el jefe de remeros de mi lancha—. ¿Qué refunfuñas? Ahorra aliento para remar. ¡Venga, echad el resto! ¿Creéis que tenemos todo el día o qué? ¿Es que no tenéis músculos? ¿Acaso no podéis sudar? ¡Venga, haced fuerza hasta que se os salgan los ojos de las órbitas! ¿Creéis que las ballenas van a estar esperándoos?

Stubb podía soltar un rosario de maldiciones e insultos a sus hombres durante toda una mañana sin repetirse nunca, pero nos atacó con un tono tal de broma que nadie se ofendió. Por el contrario, le hicimos caso y remamos hasta casi reventar en dirección al banco de ballenas.

Mientras tanto, Ahab se estiraba por encima de la barandilla de la popa del *Pequod*, y dirigía las lanchas balleneras como un general dirige el despliegue de sus tropas. Pero los filipinos ignoraban sus órdenes: obraban de forma independiente y sólo obedecían las disposiciones de Fedallah.

Starbuck, que era el patrón de mi lancha y se mantenía de pie en la popa, hablaba en voz alta consigo mismo:

—Los dueños no pueden haberse enterado. Los dueños nunca lo habrían permitido. Debe de pagarles Ahab con su propio dinero. Y todo por la ballena blanca…

Tal vez tenía razón, pero pensé que si, gracias a aquellos filipinos, matábamos más ballenas y almacenábamos una mayor cantidad de aceite en la bodega, y los dueños del *Pequod* obtenían más beneficios, no habría razones para quejarse. Pero, ajeno a mis pensamientos, Starbuck seguía diciendo:

—Mientras los pague él y no los propietarios del barco…

Entretanto, avanzábamos a toda prisa siguiendo la estela de la tripulación filipina. Sobre nuestras cabezas, el cielo estaba oscuro. Había jirones de niebla y bruma dispersos por el mar, aunque yo apenas me fijaba en el tiempo que hacía. Y es que no pensaba más que en una cosa: que iba a encontrarme por primera vez con la monstruosa ballena, un animal tan desmesurado que sólo el mar es lo bastante grande para albergarlo. Estaba tan emocionado como un soldado de caballería que participa por primera vez en una carga.

Previendo que los demás pudieran sentirse inquietos al ver cómo cambiaba el cielo, Starbuck les dijo:

—Hay tiempo de sobra para cazar una ballena antes de que estalle la tormenta.

En cualquier caso, no creo que nadie pensara en los riesgos de la tempestad. Con Stubb marcando la pauta, los filipinos azuzándonos con su rápido avance y el doblón de oro de Ahab tintineando en nuestra mente, nadie tenía tiempo para pensar en peligros. Quiqueg estaba de pie en la proa con su arpón sobre el hombro y la estacha[7] a sus pies, enrollada en la sentina[8] del bote. Aquella cuerda nos uniría a la ballena si daba en el blanco, y no dejaba de imaginarme la montaña de carne y la balsa de aceite que extraeríamos después de nuestras presas.

La manada de ballenas agitaba el mar. Sus lomos asomaban sobre el agua como pequeñas islas, pero entre ellas no había una sola joroba blanca. A nuestro alrededor ya no se veía a los filipinos, ni la lancha de Flask, ni la de Tashtego. Creyendo que los habíamos adelantado y que había-

---

7 *estacha*: cuerda que va atada al arpón.
8 *sentina*: el fondo de una embarcación, donde a veces se acumula agua.

mos llegado antes que ellos, nos lanzamos orgullosos hacia aquel arrecife de carne de ballena. Quiqueg sopesaba el arpón en la mano.

De pronto, un cachalote rompió la superficie a un tiro de piedra de la lancha, y quedamos cubiertos de espuma. Pensé que la ballena, al vaciar el contenido de su tráquea, nos había calado hasta los huesos. Pero era lluvia. En el mismo momento en que el chorro de la ballena cayó sobre nosotros, también las nubes empezaron a descargar su lluvia. La ballena, la tormenta y una densa niebla que impedía ver incluso lo más cercano llegaron en el mismo momento. Los cielos se abrieron y la lluvia azotó nuestros párpados cerrados. Entonces, Starbuck aulló:

—¡Ésa es la joroba! ¡Ahí, dale, dale!

Quiqueg lanzó su arpón, la estacha se fue soltando, y la ballena se agitó al recibir la punzada. Pero el tiro no había sido certero: como la mano de Quiqueg estaba mojada por la lluvia, el arpón le había resbalado y no había llegado a hundirse en la carne de la ballena, sino que se había limitado a rozarle el flanco.[9]

El viento convirtió el mar en un conjunto desordenado de olas puntiagudas. La ballena se hundió en el mar y huyó hacia la oscuridad más profunda, donde la lluvia no podía notarse.

Y, justo entonces, otra ballena se alzó bajo nuestra lancha. La vela se desplomó, los remos volaron por los aires y la atmósfera quedó empapada con la cálida espuma del chorro de aquel segundo animal. Antes de que pudiéramos darnos cuenta, nos vimos arrojados muy arriba, y luego caímos sobre una penumbra cremosa de bruma, espuma y olas que rompían.

Milagrosamente, la quilla[10] no se partió. Las tablas resistieron el embate de la ballena y ¡ni siquiera volcamos! Aunque el agua nos llegaba hasta las rodillas, el bote se mantenía a flote. Gruesas gotas nos colgaban de las pestañas y se deslizaban por nuestras mejillas: todos estábamos demasiados aturdidos para mover un solo músculo ni decir una sola palabra. El mundo se había disuelto en la blancura de la niebla. Incluso dis-

---

9 *flanco*: lado, costado.

10 *quilla*: pieza larga y curva que llevan los barcos en su parte inferior desde la proa a la popa, a modo de columna vertebral.

poniendo de remos, no habríamos podido remar hacia el *Pequod*, pues ig-
norábamos por completo en qué dirección se encontraba.

—Mi primera ballena y termina así… —dije.

—Primera ballena, cincuenta ballena. Nada especial —me advirtió Quiqueg.

Intenté parecer despreocupado, pero mi voz sonó hueca como la de un histérico.

—¿Quieres decir que esto pasa a menudo? —pregunté.

—Todo normal —contestó Quiqueg con calma.

—Esto no es nada —añadió Stubb—. Una vez perseguí a una ballena en un bote que hacía agua, en plena tempestad, allá en el cabo de Hornos. Comparado con aquello, esto ha sido una fiesta.

¿Dónde estaban los demás? No había modo de saberlo. ¿Estarían las otras tres lanchas flotando a la deriva más allá del velo de niebla? ¿Se hallarían nuestros camaradas en dificultades en alguna zona cercana? ¿Se habrían roto sus lanchas y nadaban desesperadamente para salvar sus vidas? Era imposible saberlo, pues no oíamos nada más allá de la lluvia.

Cuando cayó la noche, la niebla seguía sobre el mar. Sus heladas gotitas se nos pegaban a la piel y al cabello, inmovilizados como estábamos en el interior de aquella espesura blanca. Nos hallábamos tan desorientados como una bandada de pájaros dentro de una nube, y resultaba fácil convencerse de que éramos los últimos seres vivos sobre la faz de la tierra.

—Si tuviera papel, escribiría mi testamento —dije.

—¿Es que tienes algo de valor que dejar? —preguntó Quiqueg.

—La verdad es que no —respondí, encogiéndome de hombros.

Me sorprendió que nadie en la lancha mostrase el menor resentimiento hacia Starbuck por haberse empeñado en perseguir a las ballenas cuando la tempestad estaba a punto de estallar. Todavía se le consideraba un hombre prudente, poco inclinado a poner en peligro a sus hombres.

—Unas veces nosotros matamos a la ballena, y otras veces la ballena nos mata a nosotros —dijo Starbuck, alzando las manos en actitud de rezo—. Sólo Ahab no acepta esa evidencia; sólo él es incapaz de perdonar.

Parecía imposible que el *Pequod* pudiera encontrarnos en la niebla. No oíamos flamear ninguna vela, no nos llamaba ninguna voz y los gritos que lanzamos en un primer momento quedaron atrapados en la telaraña de niebla que nos envolvía, así que ya no nos molestábamos en pedir socorro. La inmensidad del océano se extendía a nuestro alrededor, mensurable sólo en días y semanas, no en millas.

Cuando la luz del amanecer asomó por detrás de la niebla, todavía estábamos sentados con el agua hasta la cintura. Sentí la poderosa tentación de tumbarme, de refugiar la cabeza bajo el agua para dormir, pues sabía que de ese modo no volvería a tener miedo nunca más.

De repente, Quiqueg se puso en pie de un salto, ahuecando la mano junto a una oreja. Todos oímos un leve crujido hasta entonces sofocado por la tormenta. Cada vez sonaba más cerca, hasta que la densa niebla quedó dividida en dos por una enorme forma oscura. «La ballena ha vuelto», pensé, «¡y va a acabar con nosotros!».

Justo en aquel momento asomó por entre la niebla la poderosa mandíbula de un cachalote, y nos llevamos un susto de muerte. Temiendo por nuestra vida, saltamos al agua, pero enseguida comprendimos que aquella mandíbula no era más que la proa del *Pequod*, que venía derecho hacia nosotros.

—¡Volvamos al barco, camaradas! —dijo Starbuck.

Fuimos llevados a bordo sanos y salvos, y entonces supimos que todas las otras lanchas se habían apartado de sus respectivas ballenas antes de que estallara la tormenta y habían vuelto a tiempo al barco. Los filipinos habían virado en redondo[11] nada más percatarse de que entre las ballenas no asomaba ninguna joroba blanca, pues los demonios de Ahab habían sido contratados para dar caza a Moby Dick y nada más. Me alegré por ellos: ni siquiera a aquellos seres siniestros les deseaba una noche como la que acabábamos de pasar entre la niebla.

—Dios nos ha echado una mano —dijo Starbuck con gravedad.

También yo estaba alegre de seguir con vida. Tanto, que tuve la tentación de lanzar mis empapadas botas al aire y bailar sobre la cubierta al son de la pandereta de Pip. ¡Sí, estaba vivo, vivo, vivo!

---

11 *virar en redondo*: dar media vuelta una embarcación para regresar.

El Kraken

El tal Fedallah, aquel extraño tipo que llevaba el pelo recogido en un turbante, siguió siendo un misterio hasta el fin. Nadie sabía qué azar lo había unido a la suerte de Ahab, y los oficiales lo miraban con recelo. Un día, le oí decir a Stubb que Fedallah era el mismo diablo, y que Ahab le había vendido el alma a cambio de que le ayudase a dar muerte a Moby Dick. En verdad, Fedallah parecía un hombre santo, aunque de una religión a la que Dios no sonreía jamás. Solía hacer profecías, y veía en el futuro cosas que habrían estremecido a un hombre normal. Pero Fedallah no lo era: se consideraba por encima de los seres como nosotros, de ahí que siempre nos mirara desde arriba. En las noches de luna, subía a la cofa[1] del palo mayor y desde allí contemplaba fijamente el mar, como un búho en el campanario de una iglesia.

—¿Quién en su sano juicio se mantiene al acecho por la noche? —nos decíamos unos a otros, pensando en Fedallah con desdén—. ¡Sólo un loco hace de vigía a esas horas!

---

1 *cofa*: tablado colocado en la parte alta de alguno de los mástiles del barco, adonde se suben los marineros para hacer de vigía.

En el fondo, nos asustaba que Fedallah pudiera ver cosas desde lo alto del mástil que resultaran invisibles a los ojos de los demás. Por otro lado, aquel oscuro adivino era uno de los pocos hombres que podían entrar en la cabina de Ahab, con quien charlaba durante horas. La voz del viejo capitán se alzaba de vez en cuando, pero Fedallah hablaba siempre con un tono grave y monótono, como si recitara un mensaje grabado en su laberíntico cerebro.

—El capitán está otra vez con su demonio preferido —decía Starbuck con cara de asco—. Ese Fedallah lo tiene embobado.

Ciertamente, Fedallah hechizaba a nuestro capitán del mismo modo que un río hipnotiza a un hombre para que se suicide saltando a las aguas. Al resto de la tripulación, Ahab nos trataba con dureza, pero para Fedallah jamás tenía un no.

Por lo demás, Ahab se pasaba la vida aislado en su cabina, estudiando minuciosamente sus cartas de navegación, intentando adivinar la presencia de Moby Dick en aquellos mapas monótonos donde las corrientes se enzarzaban hasta formar un ovillo indescifrable. Los cuadernos de bitácora[2] registraban la época y el lugar donde se habían visto o capturado cachalotes, y todo parecía indicar que la ballena blanca se encontraría en el Ecuador, donde había sido vista varios años seguidos hacia aquella época.

Starbuck pasaba a menudo ante la puerta de la cabina de Ahab. Andaba siempre preocupado por el buen estado del barco y el cargamento. Starbuck se habría sentido mucho más tranquilo en un bote perdido en mitad del océano que en un barco capitaneado por Ahab.

—Ese viejo del demonio está obsesionado —murmuraba Starbuck, con el rostro contraído por la preocupación—. Y lo peor de todo es que me ha contagiado su obsesión.

Era como si Starbuck fuera el arponero y Ahab la ballena alcanzada. La obsesión de Ahab arrastraba a su primer oficial, y Starbuck no podía hacer nada por librarse de ella.

---

2 *cuaderno de bitácora*: libro en que se apunta el rumbo de una nave, su velocidad en cada momento, las maniobras que ejecuta y otras circunstancias de la navegación.

Un día, Starbuck encontró al capitán dormido sobre la mesa de su cabina, bajo la luz del candil, con una regla de cálculo en una mano y una carta de marear[3] en el regazo, y murmuró:

—¡Maldito viejo loco, incluso dormido sigue buscando a la ballena blanca!

A lo largo de nuestro viaje atrapamos otras ballenas, por supuesto, y de todo tipo: cachalotes, ballenas con jorobas púrpura como las vestiduras de un cardenal, ballenas pardas como colinas y monstruos del color gris de las rocas que arrastraban verdes barbas de algas. Tras matarlas, las sujetábamos con cabrestantes[4] a la borda del barco y cosechábamos su capa de grasa. Las hervíamos en cubierta dentro de unos peroles enormes que apestaban como los calderos de las brujas y guardábamos su aceite en barriles. Su poderoso brillo nos recordaba que aquel aceite era riqueza lí-

---

3 *carta de marear*: mapa que describe el mar y sus costas y que señala los lugares donde hay rocas, escollos, bancos de arena…

4 *cabrestante*: torno que se utiliza para mover grandes pesos por medio de una cuerda que se va enrollando en él.

quida, pues con él se encienden a diario cientos de lámparas en todo el mundo. Esas islas de carne con estrías que llamamos ballenas son en verdad navíos que almacenan y trasladan un cargamento de luz y calor a través de los océanos, y los balleneros no somos más que piratas que conquistan el botín que las ballenas llevan en las entrañas. Sólo Ahab parecía ajeno al hechizo de aquella riqueza, pues no recorría los senderos del mar buscando aceite de ballena, sino persiguiendo a un monstruo henchido de maldad que le había quemado para siempre la piel del alma.

Pusimos rumbo sur, derivando por la costa de Sudamérica, hacia las olas más terribles y los mares más extensos del mundo. Hora tras hora, Ahab se mantenía erguido en el alcázar, con su pata de marfil encajada en uno de los agujeros que, con tal fin, habían sido taladrados en cubierta. A veces la escarcha o la nieve le blanqueaban las cuencas de los ojos y le dejaban pegadas las pestañas, mientras los tripulantes, colgados del mástil con cuerdas, acechábamos la aparición de una ballena.

Al sudeste del cabo de Hornos divisamos a otro ballenero, el *Albatros*, que navegaba rumbo a casa. Saltaba a la vista que llevaba demasiados meses en el mar, soportando tormentas sin tregua. El sol y la sal le habían comido el color, sus bordas aparecían blancas como un esqueleto, sus cuadernas[5] estaban enrojecidas por la herrumbre y sus velas habían quedado destrozadas. Llevaba cuatro años navegando a la caza de ballenas, por lo que no era de extrañar que también los miembros de su tripulación tuvieran los ojos hundidos y vistieran con andrajos. Parecían cadáveres que tripularan un barco fantasma.

Cuando pasamos junto al *Albatros*, su capitán alzó el megáfono para saludarnos, pero Ahab se le anticipó:

—¡Ah los del barco! —dijo a través de su bocina—. ¿Habéis visto a la ballena blanca?

Ése fue todo su saludo. El capitán del *Albatros* se inclinó sobre la borda para responder, pero el megáfono se le escapó de las manos y cayó al mar. Gritó algo a modo de respuesta, pero, sin el megáfono, sus palabras se las llevó el viento. Era como pretender lanzar migas de pan de un barco a otro. A Ahab, sin embargo, le importaba su respuesta, así que se estiró sobre la barandilla de proa para escuchar, ahuecando las manos alrededor de las orejas. Pero en su rostro se dibujó un gesto de agónica frustración: no lograba oír nada. Habría querido arriar una lancha para saltar al *Albatros* y pedir información sobre Moby Dick, pero el viento era demasiado fuerte, así que aquel barco pasó de largo a toda velocidad. Desesperado, Ahab se llevó la bocina a la boca y bramó con fuerza:

—¡Éste es el *Pequod*, de Nantucket, con destino a dar la vuelta al mundo! Si llegáis a casa, decidles a nuestros parientes que dirijan todas nuestras cartas al Pacífico. ¡Y si no hemos vuelto en tres años, que las dirijan al infierno!

¡La vuelta al mundo! Me lo repetía a mí mismo. ¡La vuelta al mundo! ¡Qué magia tenían aquellas palabras para un joven sediento de aventura! En cambio, Starbuck anhelaba el retorno, pues tenía familia. Un día, me dijo que también Ahab estaba casado y tenía un hijo pequeño.

—¿Que Ahab tiene un hijo? —repliqué muy sorprendido.

---

5 *cuaderna*: cada una de las piezas en forma de costilla que se encajan en la quilla y constituyen el armazón o esqueleto de un barco.

—Sí, un hijo de su vejez. Es la niña de sus ojos, como mi hijo para mí. Mi querida mujer lleva todos los días a mi chico a la cima de la colina de detrás de nuestra casa y mira el mar con la esperanza de ver una vela. Me espera, ¿entiendes? Seguro que habrá un sendero muy pisoteado hasta la cima de esa colina el día en que vuelva yo.

Apoyé la barbilla en la borda y clavé mi mirada en el mar: allá a lo lejos, la costa del cabo era un borrón gris. Estaba sembrada de restos de naufragios y de esqueletos de ballenas que las olas habían arrastrado hasta la orilla. Al mirar la costa comprendí que algunos hombres tenían que renunciar a más cosas que otros para ir a la caza de ballenas. ¡Navegar alrededor del mundo durante tres años! «Qué diferente sonaría», pensé, «si supiera que alguien sube todos los días a una colina esperando que vuelva. Sí, ciertamente, hay hombres que renuncian a mucho cuando zarpan en busca de ballenas».

❧　❧　❧

—¡Ballena blanca! —rugió Daggoo desde la cofa del palo mayor.

El grito resonó cuando navegábamos rumbo noreste hacia Java,[6] abriéndonos paso por una brillante pradera amarilla de plancton. Era una mañana quieta y azul, y la luz del sol se extendía sobre las aguas como un manto de oro. Al oír el grito de Daggoo, pareció como si Ahab quisiera saltar del barco y correr sobre el agua. En la lejanía, se alzó perezosamente una gran masa blanca, que centelleó ante nuestra proa como un alud de nieve.

—¡Es la ballena blanca! —volvió a gritar Daggoo.

Arriamos una lancha, y Ahab fue el primero en subir, más ágil que ninguno pese a faltarle una pierna.

—¡Remad, aprisa! —bramó.

Obedeciendo aquella orden, impulsamos la lancha por el mar de plancton y nos fuimos acercando a nuestra presa. Pero la blanca joroba ni soltaba su chorro ni se balanceaba ni cambiaba de posición: se limitó a hundirse una vez, y luego surgió de nuevo en el mismo punto.

---

6 Java es una isla de Indonesia.

—Está muerta, ¿no? —le dije a Quiqueg.

—No ballena —dijo Quiqueg—. Mucho grande para ser ballena.

Tenía razón. Cuanto más remábamos, más crecía la blanca joroba. Era enorme, mucho mayor que cualquier ballena, por monstruosa que fuese. Además, aquella cosa no tenía cara ni boca. Innumerables tentáculos fláccidos se esparcían desde su núcleo central, se enroscaban y retorcían, flotaban y se extendían a tientas por el mar: era como una medusa de serpientes marinas, un infame prodigio. Pensé que, aunque viviese hasta los doscientos años, nunca vería nada tan extrañamente maravilloso. Aquel monstruo no tenía cara ni ojos; ni siquiera parecía tener huesos ni costillas, sino que era una enorme masa carnosa que ondulaba con el vaivén de las olas.

—¿Qué es eso? —le pregunté a Quiqueg con un susurro reverente.

Pero tampoco él lo sabía, y en todas las lanchas resonaba la misma pregunta:

—¿Qué es eso?

Con un suave sonido de succión, aquella cosa blanca volvió a hundirse y desapareció en las profundidades.

—¿Qué era eso? —le preguntó Flask a Starbuck.

El primer oficial todavía tenía la vista clavada en el mar. Sus ojos desorbitados expresaban horror.

—Habría preferido enfrentarme a Moby Dick que cruzarme contigo, fantasma marino —dijo Starbuck con un gesto espectral que estremeció a Flask—. Eso, Flask, es lo que los hombres llaman el Kraken, una leyenda, una cosa en la que yo sólo creía a medias hasta el día de hoy. Es el ser vivo más grande del universo creado por Dios. Dicen que tan sólo sale de las profundidades para tragarse barcos enteros o para morir, y los hombres rara vez lo han visto. En cierta ocasión encontré uno de sus tentáculos en el vientre de un cachalote, pero nunca había visto a esa bestia, ni creo que nadie la haya visto antes de nosotros. Al menos ninguno que viviera para alcanzar puerto y poder contarlo.[7]

Nos sentamos a los remos, abrumados por lo extraño de la creación de Dios, sobrecogidos por la idea de que aquel monstruo esponjoso y sin cara estaba debajo de nosotros.

—Ahab ya tiene algo que contarle a su hijo —le dije a Quiqueg.

Pero Ahab permanecía en silencio, y ya remaba de vuelta hacia el *Pequod*. Le había bastado saber que aquella mole blanca no era Moby Dick para virar en redondo y perder todo interés. Para él, el Kraken no era digno de la menor admiración, pues nada bajo la luz del sol era importante salvo la odiosa Moby Dick. Comparado con aquella ballena, nuestro encuentro con el Kraken era una irrelevante digresión en la auténtica búsqueda del *Pequod*. Y es que a Ahab ya nada le estimulaba salvo su obsesión por la ballena blanca, que había convertido su alma en algo tan duro como su misma pierna de marfil.

꒚   ꒚   ꒚

7 El Kraken es un animal legendario del que se aseguraba que atacaba barcos y devoraba a los marinos. Se decía que podía medir hasta dos kilómetros de largo y que tenía unos enormes tentáculos dotados de mortífera fuerza, con los que podía destruir un barco de guerra. Aunque ficticia, la figura del Kraken debió de inspirarse en un animal real: el calamar gigante, capaz de enfrentarse a los mismos cachalotes.

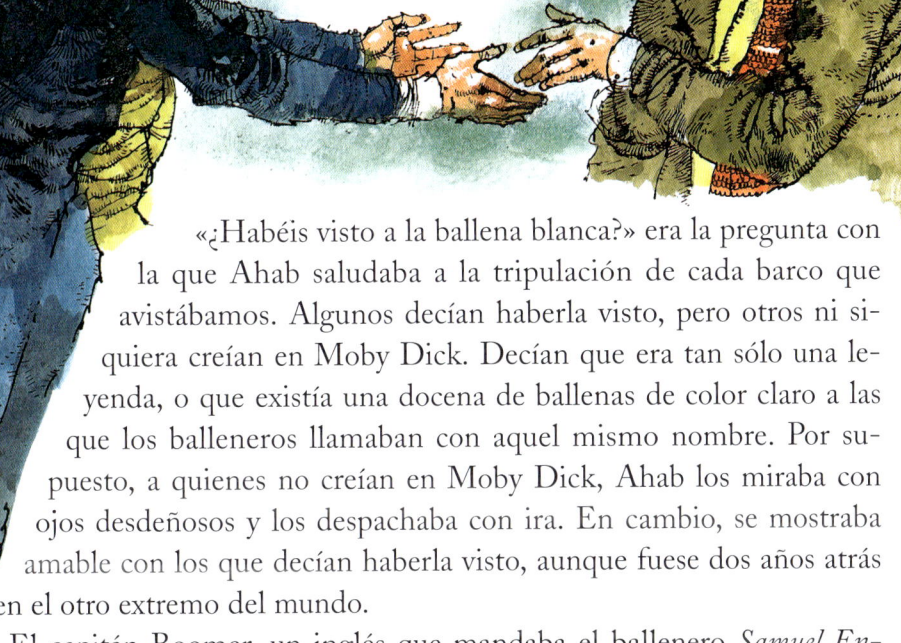

«¿Habéis visto a la ballena blanca?» era la pregunta con la que Ahab saludaba a la tripulación de cada barco que avistábamos. Algunos decían haberla visto, pero otros ni siquiera creían en Moby Dick. Decían que era tan sólo una leyenda, o que existía una docena de ballenas de color claro a las que los balleneros llamaban con aquel mismo nombre. Por supuesto, a quienes no creían en Moby Dick, Ahab los miraba con ojos desdeñosos y los despachaba con ira. En cambio, se mostraba amable con los que decían haberla visto, aunque fuese dos años atrás y en el otro extremo del mundo.

El capitán Boomer, un inglés que mandaba el ballenero *Samuel Enderby*, la había divisado más recientemente: un año antes, en el Ecuador. Boomer conocía bien a Moby Dick, tan bien como el propio Ahab, y por el mismo motivo.

—Disculpe que le dé la mano izquierda —dijo el inglés cuando subió a bordo del *Pequod* ante la ansiosa invitación de Ahab.

Nuestros dos barcos flotaban fondeados,[8] aunque se mantenían algo distantes entre sí, como bailarines demasiado tímidos para tocarse.

—¿Fue Moby Dick quien le arrancó el brazo derecho? —preguntó Ahab con impaciencia.

---

8 *fondeados*: amarrados con anclas al fondo del mar.

El capitán Boomer asintió.

—¡Entonces déjeme estrechar su manga vacía! —dijo Ahab—. Un hombre con una sola pierna saluda a un hombre con un solo brazo. ¡Cuéntenos cómo fue!

Incitado por Ahab, el capitán Boomer relató su perdida batalla contra Moby Dick. El arpón había hecho blanco en la mandíbula de la ballena, pero, al sentirse herida, aquella bestia había empezado a dar vueltas sin parar como un caballo de circo. En la lucha, el filo de un arpón le destrozó un brazo al capitán, y fue preciso amputarlo.

—Su aleta alcanzó la lancha. Todavía llevaba un viejo arpón de algún otro ballenero clavado en la cola, oxidado y sólidamente alojado.

—¡Era mi arpón! —gritó Ahab, más orgulloso que apenado.

—El hierro se me enganchó en el brazo y al instante me di cuenta de que iba a convertirme en un tullido.

—Así que ahora anda usted buscándola por todo el mundo, ¿eh? ¡Lo mismo que yo! ¡Desea que esa maldita ballena blanca pague lo que nos ha hecho!

El capitán Boomer bebió un trago de ron y rió mientras negaba con la cabeza.

—¡En absoluto! —dijo—. ¿Acaso haber perdido un brazo le parece poco? No puedo perder ninguno más. Matar a Moby Dick sería toda una hazaña que cubriría de gloria a quien la llevase a cabo, pero la gloria no da de comer. No, es mejor dejar tranquila a esa ballena. Que muera de vieja, si ése es su destino.

El capitán Boomer dijo todo aquello con una sonrisa cálida y agradable, nacida de su naturaleza noble: estaba claro que era un hombre en paz consigo mismo. Y, sin embargo, sus palabras fueron como un escupitajo en la cara de nuestro capitán. Ahab le dio la espalda a Boomer, y su pierna de marfil rechinó en la cubierta. Estaba tan fuera de sí, que resbaló y topó con fuerza brutal contra un cabrestante.

—¿Que deje en paz a Moby Dick? —rugió—. ¿Es que hay alguna otra cosa que valga la pena salvo arrancarle la vida a esa ballena? ¡Cómo se atreve a decir que esa ballena debe morir de vieja! ¡Es usted un estúpi-

do, un cobarde sin ningún carácter! Puede usted renunciar si no tiene agallas para enfrentarse a Moby Dick, pero yo estoy decidido a derrotarla, o al menos a morir en el intento. ¡No me da miedo mirar a ese monstruo cara a cara! ¡Fuera de mi barco! No voy a perder mi tiempo con tullidos como usted que no tienen ni una pizca de coraje en el alma. ¡Váyase, tengo cosas de las que ocuparme!

El capitán Boomer dejó su vaso sobre la mesa, como si de pronto el ron le supiera muy amargo.

—Espero, capitán Ahab —dijo—, que, por el bien de su tripulación, nunca encuentre lo que anda buscando. Tenga usted buenos días.

Pip al agua

Pobres criaturas: llegué a acostumbrarme al olor de su muerte, pero nunca a la pena que me daba verlas morir. Ahí siguen, recorriendo los mares con toda la majestad y el poder que tenían el quinto día de la Creación, cuando Dios las puso en los océanos.[1] Lanzan al cielo sus chorros calientes, que caen sobre sus lomos como montañas, mientras algunos pececillos serviles les limpian los respiraderos de las agallas y los percebes se aferran ferozmente a su piel, como nos aferramos nosotros a nuestro mudable planeta.

De pronto, un extraño animal de madera surge a la vista; tiene el vientre redondeado y casi el mismo tamaño que una ballena. Como si estuviera dando a luz a una cría, suelta una versión más pequeña de sí mismo, que se desliza rápidamente sobre el agua, y se acerca cada vez más a su presa, hasta llenar la visión de todo un ojo. Una criatura endeble, casi insignificante, está de pie a la vista y lanza un agudo arpón atado a una cuerda. Entonces la ballena queda cegada por el dolor y dice adiós a la vida: ha sido sacrificada por unos hombres que comerciarán con su grasa.

A lo que antes se movía como un hermoso reino insular flotante, lo alzan con un torno. La ballena pesa tanto, que la nave nodriza se escora[2] peligrosamente. Luego le sierran la cabeza, que es una tercera parte de su cuerpo, y que es desplazada al otro extremo del barco para que sirva de contrapeso al resto del enorme esqueleto. Entonces se arrancan con ganchos y palos la grasa y la carne de la hedionda mole y la ballena es deso-

---

1 «Dijo Dios: "Bullan las aguas de animales vivientes" [...]. Y creó Dios los grandes monstruos marinos y todo animal viviente» (Génesis, 1, 20-21).

2 *escorarse*: inclinarse de costado.

llada mientras los tiburones irrumpen ante el casco del barco y disfrutan como chacales con la muerte de un león. Embriagados con el olor de la sangre, devoran frenéticamente todos los restos y saltan para atrapar en vano las partes más suculentas de la ballena, que quedan en cubierta.

Desde debajo del castillo de proa oíamos golpear las aletas de los tiburones contra el fondo del barco mientras comíamos lo mismo que ellos: carne de ballena. Al principio, el olor de aquella carne me repugnaba, pero en pocas semanas comencé a comerla con excelente apetito. En cuanto se huele un olor el tiempo suficiente, deja de molestarte.

En el *Pequod*, la carne de ballena la cocinaba un anciano negro llamado Nevado, que rondaba los noventa años, caminaba con las piernas separadas y se apoyaba al andar en sus tenazas de cocina. El pequeño Pip solía ayudarle a la hora de freír los filetes, pero, si la carne quedaba requemada, las quejas siempre iban a parar al viejo Nevado. Stubb aseguraba que los filetes de ballena debían servirse muy poco hechos.

—Escúchame, Nevado —decía—, lo único que tienes que hacer es sostener el filete en una mano y enseñarle con la otra un carbón encendido, y la carne ya está lista para servir.

Cuando los filetes salían de la cocina demasiado hechos, Stubb siempre encontraba un modo de escarnecer[3] al viejo Nevado. Un día, lo castigó ordenándole que sermoneara a los tiburones, así que el anciano se acercó a la borda y les dijo:

—Hermanos tiburones, *tos* vosotros sois *mu* voraces de nacimiento, eso no se *pué* remediar, pero os digo que si derrotáis al tiburón que hay en vosotros, entonces seréis ángeles.

El viejo obedeció a Stubb porque era su deber, pero, mientras volvía a la cocina, murmuraba:

—¡Por *Dió* que me gustaría que la ballena se comiera a ese demonio de Stubb! ¡Que me maten si hay en el mundo un tiburón más tiburón que él!

Yo lo oía, y me reía para mis adentros.

También sonrío cada vez que me acuerdo de Pip. Era un muchacho de corazón tierno, con una perpetua sonrisa blanca, y tenía esa inteligencia grata y jovial que es tan propia de su raza. Pip nunca dejaba de cantar salvo cuando dormía. Las canciones salían sin cesar de sus labios, como si le quemaran por dentro y tuviera que soltarlas. A veces imitábamos su acento de Alabama, pero Pip no se enfadaba; al contrario, siempre estaba dando brincos, descalzo sobre la cubierta repleta de astillas, mientras agitaba su pandereta con sonajas de estrellas. Tenía catorce años cuando zarpamos de Nantucket, y debió de cumplir quince en algún momento de nuestro viaje, pero no celebró su cumpleaños: en las plantaciones donde Pip había venido al mundo, quienes son esclavos como él nunca celebran nada.[4]

---

3 *escarnecer*: hacer burla de alguien.

4 El narrador se refiere a las grandes plantaciones de algodón y tabaco del sur de Estados Unidos, donde se halla Alabama, lugar de origen de Pip. Alabama fue uno de los estados que tuvo un mayor índice de esclavos africanos, imprescindibles para el sostenimiento de las mencionadas explotaciones en una época en que no existía maquinaria agrícola.

De hecho, estaba tan contento de ser un muchacho libre, de encontrarse sin grilletes en medio del gran océano, que nunca ponía objeciones a restregar las cubiertas, a fregar bien los peroles o a tocar su tamboril. Pip amaba la vida. Cuando el capitán o la tripulación gritaba: «Salta», Pip saltaba, de lo dispuesto que estaba siempre por agradar. ¡Pobre criatura!

Fedallah, por el contrario, se esforzaba por no agradar a nadie. Hacía lo que le parecía, y pasaba su guardia de media noche en el palo más alto, durmiendo durante las horas de calor del día.

—¿Quién a no ser un loco haría guardia por la noche? —decíamos.

≈   ≈   ≈

—¡Por allá resopla! ¡La ballena blanca!

Al principio pensé que me había quedado dormido y lo soñaba, pero enseguida advertí que estaba bien despierto, pues Ahab comenzó a dar voces para que nos diéramos prisa mientras su pata de marfil golpeaba en cubierta como el puño de un enterrado vivo en la tapa de su ataúd. Zarandeé la hamaca de Quiqueg para despertarle, pero estaba vacía. Como otras muchas veces, mi amigo había presentido que iba a suceder algo, así que ya se hallaba en el puente,[5] mientras los demás nos empujábamos unos a otros tratando de subir la escalera y llegábamos a cubierta tiritando, en camisa y con las piernas al aire.

—Debe de estar viendo visiones, ese demonio enloquecido —dije yo, con cierta esperanza, pero Quiqueg negó con la cabeza.

Fedallah estaba subido en lo más alto del aparejo,[6] muy por encima del mar, entonces negro como la brea, y señalaba con el dedo. Allí, en el horizonte iluminado por la luna, surgía un géiser de espuma plateada que se desplegaba en abanico, dispersándose en velos de espuma. Trepamos a las jarcias para ver mejor, y, según ganábamos altura, bajo la superficie del mar se hizo visible un contorno de límites muy tenues, allí donde había

---

5 O sea, 'en la cubierta superior'.

6 Es decir, 'en la parte más alta del palo mayor'. El *aparejo* es el conjunto de palos, velas y cuerdas que permiten que el barco recoja la fuerza del viento y navegue.

brotado el chorro de agua. ¿Un arrecife? ¿El reflejo de la Vía Láctea? Entonces el chorro surgió de nuevo y no hubo duda: era una ballena blanca, y estaba a menos de media milla.

Desde el alcázar, Ahab daba órdenes a grito pelado. Estaba completamente vestido, por supuesto; no creo que ya se acostara nunca, tal vez por temor a las pesadillas que llenaban sus horas de sueño. Su cara brillaba como la de un enamorado.

—¡Izad las velas! ¡Arriba, arriba! ¡Poned rumbo al chorro! ¡Largad más trapo,[7] he dicho! ¡Arrimad el hombro! ¡Largad más trapo, malditos seáis!

La ballena volvió a resoplar.

Nos escoramos hacia la fuente de espuma brillante: era una visión tan hermosa que hombres hechos y derechos se quedaron boquiabiertos. Como si quisiera provocarnos, la ballena nos enseñó tres veces su blanco chorro de agua. Y desde luego que Ahab se dejó provocar.

—¡Id tras ella! —rugía—. ¿Es que estáis esperando a que se escape?

Avanzábamos tan rápido como permitía el viento, pero de pronto advertimos que la presa había desaparecido. Fuese o no Moby Dick, la ballena que habíamos visto se había sumergido profundamente. Al llegar donde había resoplado, el agua tenía el mismo color que el resto del océano.

Fedallah pasó toda la mañana en la cabina de Ahab, susurrando tras las puertas cerradas, y yo pensé, como un buen cristiano: «¿Por qué insiste el capitán en querer saber más de lo que Dios quiere que sepa? ¿Por qué escucha a ese adivino?». Luego me volví hacia Quiqueg y le dije con impaciencia:

—¿Era realmente Moby Dick la ballena que vimos anoche? ¿Crees que la volveremos a ver?

Al recordar aquel momento, comprendo que también yo ansiaba echar una mirada al futuro y también yo tenía una especie de profeta personal. La misteriosa capacidad de Quiqueg para saber cosas antes de tiempo hacía que me sintiera menos vulnerable ante la posibilidad de una des-

---

7 Es decir, 'desplegad más las velas', para que el barco vaya más deprisa.

gracia. Vivir día a día es abrirse camino a tientas por un pasaje oscuro, intentando adivinar qué hay detrás de la siguiente esquina, con la esperanza de que nada demasiado horrible surja de las sombras. A veces me pregunto por qué nos condenará Dios a esta perpetua incertidumbre.

Sentado en la cubierta, Quiqueg afilaba la punta de su arpón. Los tatuajes de su cara me impedían reconocer en ella ninguna expresión.

—Esta noche —dijo—. Vendrá esta noche.

Así fue. A la misma hora que el día anterior, Fedallah gritó desde su puesto en el palo mayor, y una vez más la fuente de la ballena blanca se levantó sobre el mar iluminado por la luna.

—Me está haciendo señas para que vaya —dijo Ahab desde su alcázar—. Moby Dick me está retando para que acuda a nuestra última batalla. Bien, ¡pues allá voy, bestia maldita!

Ahab extendió las manos en dirección al chorro de la ballena y las cerró en el aire vacío. Parecía pensar: «Si algún día llego a encerrar en su puño ese penacho de espuma, heredaré los poderes de Moby Dick». Entonces noté que se me retorcía el estómago, como si alguien me estuviera agarrando las entrañas con todas sus fuerzas, y advertí que, lo quisiera o no, yo era parte de la búsqueda de Ahab, lo mismo que el resto de la tripulación. Éramos caballeros a sus órdenes, y el rey del *Pequod* podía enviarnos a luchar contra cualquier monstruo que amenazara sus dominios.

Pero también aquella noche Moby Dick se perdió entre las tinieblas.

Un día, uno de los remeros de la lancha de Stubb se dislocó una mu-
ñeca al topar con un hueso cuando hundía su pala en el cráneo de un cachalote, así que quedó inútil durante un tiempo. Y como los botes debían
tener su tripulación al completo, ordenaron a Pip que ocupara temporal-
mente el puesto del lesionado. Al pobre muchacho no le hizo ninguna
gracia, pues era demasiado pequeño y débil para ir a cazar ballenas. El
primer día que nos acompañó estaba muerto de miedo, pero no protestó:
había nacido esclavo y sabía resignarse. Sin embargo, se me hizo raro no
verle sonreír. El blanco de sus ojos brillaba con más fuerza que nunca y
los nudillos de sus negras manos resaltaron por su tersa blancura cuando
agarró el remo.

Pese a su nerviosismo, Pip no lo hizo nada mal en su primera salida a
la caza de ballenas. Stubb lo trató bien, y se limitó a aconsejarle que se
comportara como un valiente. Por fortuna, Pip no tuvo que enfrentarse a
la ballena, así que la sonrisa regresó pronto a sus labios. En cambio, en su
segunda salida, las cosas fueron muy diferentes. Íbamos tras una de esas

ballenas a las que llaman *francas* por lo fácil que resulta cazarlas, ya que nadan despacio y flotan cuando están muertas. Tashtego la alcanzó con su arpón detrás del ojo, como debe ser. Al notar la punzada, la ballena dio un tirón y azotó con su cola el fondo de la lancha, justo bajo el asiento de Pip. Pensando que la lancha iba a quedar hecha trizas, el chico saltó de puro miedo y cayó por la borda. Se llevó consigo parte de la estacha aflojada, en la que quedó enredado al zambullirse en el agua. La ballena emprendió entonces una feroz carrera para alejarse de nuestra lancha, y el cabo se puso tirante y quedó fuertemente enroscado alrededor del pecho y el cuello de Pip. El chico, pues, comenzó a ser arrastrado sobre el mar, y sus labios se pusieron azules, porque al pobre le faltaba el aire. Su cuerpo emergía por un momento para volver a zambullirse, atrapado entre la ballena que escapaba y la lancha que iba a remolque del animal.

—¡Pobre muchacho! —gritó Tashtego, sacando su cuchillo; y luego, mirando a Stubb, preguntó—: ¿Corto?

Stubb dudó un momento. Pip le caía bien, pero la ballena que perseguían era muy grande y podía dar buenos beneficios. En cambio, basta un céntimo para conseguir dos o tres grumetes.

—¡Maldita sea, corta! —ordenó Stubb, molesto con su propia clemencia, y así se perdió la ballena y se salvó Pip.

¡Por Dios que le maldijimos por habernos hecho perder a tan buena presa! Stubb lo sacó del agua agarrándolo por la pechera y le rugió:

—¡Vuelve a hacer una cosa así y dejaré que te ahogues! ¡Hemos tenido muy pocas ballenas buenas en este viaje, y no vamos a renunciar a ninguna por alguien como tú! ¿Lo has oído?

Desde luego que lo había oído. Y siguió oyéndolo durante todo aquel día, pues, de vuelta al *Pequod*, no dejamos de reñirle. Sin embargo, en nuestras quejas había más cariño que indignación.

Pensábamos que nunca más volvería a ocurrir lo mismo, pero nos equivocamos. Los hombres hacemos lo que quieren los dioses, y los dioses decidieron que Pip saltara de nuevo al agua. Fue pocos días después, cuando la cola de una ballena volvió a golpear el fondo de la lancha. Esta vez, Pip no estaba atado a la estacha, así que el bote siguió su veloz carrera tras la

ballena mientras el muchacho se quedaba atrás en el mar como el baúl de un viajero demasiado apresurado. Stubb fue fiel a su palabra y no abandonó la persecución de la ballena para rescatar a nuestro grumete. Como había dos lanchas más atrás, supuso que una de ellas socorrería a Pip.

—¡Ayudadme! —gritaba el pobre muchacho en medio del océano—. ¡No me dejéis aquí, por favor!

La ballena tardó tres millas en cansarse. Mientras tanto, Pip subía y bajaba con el vaivén de las olas bajo un sol ardiente, llorando lágrimas saladas en un mar todavía más salado. Ninguna de las otras lanchas pasó junto a él, así que el pobre estaba olvidado a la deriva y muerto de miedo. Se acordaba de los tiburones, de Moby Dick; pensaba que el mar está lleno de bocas, tentáculos y dientes, y de almas de grumetes abandonados.

Por fin, el azar quiso que el propio *Pequod* divisara a Pip. Ahab vio la negra cabeza del muchacho sobre el agua y ordenó que lanzaran cabos para subirlo a bordo, con lo que Pip se salvó del océano por segunda vez. Desde la borda, Ahab se inclinó para tenderle una mano y el pequeño Pip sintió que nuestro capitán era una especie de ángel de la guarda que acababa de salvarlo de la muerte. Al sentir el tacto de su mano y ver su rostro, quedó extasiado como si estuviera ante el mismísimo Dios. Se aferró a la pierna buena de Ahab, le rindió culto y lo adoró, lo acarició, lo miró con arrobo, cantó himnos y se estremeció como un devoto fervoroso al notar la presencia de Dios. Era grotesco, pero nadie se rió; era terrible, pero nadie se atrevió a llevarse al chico para que descansara en su hamaca.

Estaba claro que, con aquel incidente, el ingenio de Pip se había diluido como la sal de la carne cuando se moja. El *Pequod* había rescatado el

cuerpo del grumete, pero una parte de su espíritu se había hundido en las profundidades del océano, y ya no era posible recuperarla ni con garfios ni con anzuelos. Desde aquel día, Pip anduvo por la cubierta como un idiota, y adquirió la costumbre de seguir a Ahab por todo el barco, pues no quería separarse de él. Se agarraba a una punta de su chaquetón y a veces incluso le daba la mano, y Ahab, lejos de apartarlo de un golpe, lo trataba con una insólita amabilidad. La ballena tiene un pez que la limpia, el rey tiene su bufón, y Ahab tenía a Pip.

—¡Sabio capitán! ¡Maravilloso capitán! —le cantaba en alabanzas de la mañana a la noche—. ¿Sabe lo que vi cuando estuve en el mar, señor?

—¿Qué viste, Pip? —preguntaba Ahab con una ternura que nunca había demostrado hasta entonces.

—¡Vi su pie moviendo la rueda del mundo, señor! Hacía girar los planetas y volar la estrellas y empujaba los océanos de un lado a otro. ¡Traca-traca-traca-trac! ¡Usted lo movía todo con su pie desde el fondo del mar, señor! ¡Usted hacía que el mundo girara, señor! ¡Es usted una verdadera maravilla! ¡Aleluya!

Aquella veneración irritaba a Starbuck. Un día, encontró a Pip durmiendo como un perro a la puerta de la cabina de Ahab y, fuera de sí, le cruzó la cara de una bofetada.

—«¡No tendrás a ningún Dios más que a mí!» —gritó, citando la Biblia—. «¡No erigirás imagen ni ídolo alguno en lugar del Señor tu Dios!»[8]

Pip miró fijamente a Starbuck, con ojos aterrados.

—¡No lo haré, señor! ¡Prometo que no lo haré! Sólo lo veneraré a él. Sólo el capitán es mi dios. ¡Sólo el capitán, señor!

Sentí lástima por Pip, así que me acerqué a Starbuck y le dije:

—Pobre chico. No veo qué daño puede hacer con…

Pero entonces Starbuck dirigió su ira contra mí:

—¡No es la blasfemia de Pip lo que me da miedo, marinero! ¡El chico no es más que un desgraciado enfermo! ¡No, es al propio Ahab al que temo porque asume el papel de Dios! ¡Ahab piensa que está por encima de

---

8 Starbuck cita el primero de los diez mandamientos que Dios dictó a Moisés (Éxodo, 20, 3).

lo que manda la Ley Divina! ¡Ese hombre piensa que él es la Ley Divina!
Ese hombre está…

Se detuvo bruscamente antes de llamar "loco" a Ahab delante de mí.
Él era el primer oficial, después de todo. Todas las reglas del mar le prohi-
bían criticar a su capitán delante de un vulgar marinero. Y Starbuck se
atenía escrupulosamente a las reglas. Un primer oficial debe obedecer a
su capitán como un esclavo obedece a su amo, como un arcángel obedece
la palabra de Dios. Y es que cualquier otra cosa es un motín, ¿o no?

Ámbar gris

Después de hervido, todavía flotan trozos de grasa en el aceite de la ballena, así que hay que deshacerlos a mano. Es un trabajo muy agradable: a mí me encantaba chapotear en la manteca y estrujarla con los dedos. Por lo general, las manos de los marineros son ásperas y están llenas de callos porque en el barco hay que tirar de gruesas cuerdas, pero los balleneros somos una excepción: nuestras manos son más suaves que las de esos aristócratas que jamás se quitan los guantes. Y eso es gracias a la grasa de las ballenas.

Las ballenas no sólo le daban suavidad a nuestras manos, sino también luz a nuestras noches. Mientras la mayoría de los marineros andan a tientas en las cubiertas inferiores, porque el aceite es caro y no hay que malgastarlo en alumbrar a gente así, los balleneros viven en un mundo luminoso gracias al aceite de las ballenas. Después del anochecer, el *Pequod* resplandecía de proa a popa como una baliza[1] enorme en la oscuridad del mar.

Por el contrario, las tinieblas del alma de Ahab se agravaban a cada día que pasaba. Durante su encuentro con el capitán Boomer, había apoyado su pierna con tanta rabia contra la cubierta que acabó por astillarla, así que tuvo que encargarle al carpintero del barco que le tallara una nueva pata con la mandíbula de una ballena. Se la fabricó en menos de una hora, y luego nos confió lo que le había dicho Ahab: que todavía notaba el miembro perdido, como si nunca se lo hubieran amputado. Sentía todos los dedos, todos los músculos, todas las articulaciones, cada uno de los pelos en sus folículos. El dolor de aquella pierna fantasma lo mante-

---

1 *baliza*: señal flotante que indica un lugar peligroso u orienta a los navegantes.

nía despierto durante la noche: le parecía un sarcasmo que las sábanas y las mantas no formaran un montículo allí donde él seguía sintiendo una pierna y un pie.

Las palabras del carpintero avivaron en mí cierta compasión hacia Ahab, y me pregunté qué otras cosas al margen de su pierna sentía nuestro viejo capitán pese a que ya no existieran. Quizá también Moby Dick estaba muerta y bien muerta, flotando boca arriba en cualquier sitio, descomponiéndose para servir de comida a los peces. Evoqué sus restos putrefactos con tanta fuerza, que casi notaba a mi alrededor la pestilencia del cuerpo corrupto de Moby Dick. Pero pronto me di cuenta de que no eran cosas de mi imaginación, porque también Quiqueg, sentado a mi lado, tenía náuseas. Sí, estábamos navegando de veras dentro de una nube de olor insoportable.

Enseguida divisamos un barco. Era un mercante francés que se llamaba *Bouton de Rose* y que remolcaba dos ballenas estalladas, es decir, muertas en el mar por causas naturales. Es muy fácil imaginar el aroma que desprendían aquellos cadáveres: no tiene nada que ver con la esencia de rosas.[2]

Al divisar el barco, Stubb llamó a la tripulación de su lancha, que se acercó remando al *Bouton de Rose*.

—¿Habéis visto a la ballena blanca? —gritó Stubb.

—¿Qué ballena? —respondió desde las batayolas[3] el primer oficial del *Bouton de Rose*, que era de Guernsey[4] y llevaba la nariz envuelta en una especie de bolsa para no oler las repugnantes emanaciones de las ballenas.

—La ballena blanca…, un cachalote…, Moby Dick, ¿la habéis visto?

—Nunca he oído hablar de tal *cachalot blanche*.

Stubb regresó al *Pequod* y le dijo a Ahab que en el *Bouton de Rose* no sabían nada de Moby Dick. Desencantado, Ahab se retiró a su cabina.

---

2 En francés, *Bouton de Rose* quiere decir 'capullo de rosa', lo que resulta irónico porque el barco con que se cruza el *Pequod* no huele precisamente a flores.

3 *batayola*: barandilla situada en la cubierta superior del barco.

4 Guernsey es una isla francesa situada en el Canal de la Mancha que sirvió a menudo de refugio a piratas y contrabandistas.

En cambio, Stubb decidió volver junto al *Bouton de Rose*, porque había ideado un plan y deseaba llevarlo a cabo. De manera que le dijo al de Guernsey:

—¿Están locos? ¿Cómo se les ocurre remolcar ballenas estalladas? ¡No van a sacar ningún aceite de ellas!

—Ya lo sé —replicó el de Guernsey—, pero mi capitán no se lo cree. Es su primer viaje y no se fía de nadie. ¿Por qué no sube a ayudarme? A lo mejor entre los dos logramos convencerle para que suelte a esas malditas ballenas.

—Como quiera, compañero.

Al poco, el de Guernsey le confesó a Stubb que odiaba a su capitán, un presuntuoso que hasta hacía poco tiempo había regentado una fábrica de agua de Colonia.

—¿Qué tal si le tomamos el pelo? —dijo.

A Stubb le pareció bien. Se entrevistaría con el capitán, y el de Guernsey haría de intérprete. Stubb diría el primer disparate que se le ocurriera, y el de Guernsey traduciría lo que le viniese en gana.

Una vez ante el capitán, que llevaba un chaleco rojo cargado de dijes,[5] Stubb le dijo al de Guernsey:

—Dígale que es tan repelente como un niño sabihondo.

Y el de Guernsey tradujo:

—Dice que la semana pasada se cruzaron con un barco en el que habían muerto nueve tripulantes por culpa de la fiebre, y que la fiebre se la habían contagiado las ballenas estalladas.

El capitán se sobresaltó al escuchar aquello, y deseó saber más, por lo que Stubb prosiguió:

—Ahora dígale que tiene menos cualidades para mandar un barco ballenero que un mono de la selva. O mejor aún, dígale que es un maldito chimpancé.

—Insiste en que esas ballenas son muy peligrosas —tradujo entonces el de Guernsey— y que lo mejor es que nos deshagamos de ellas.

---

5 *dije*: pequeña joya que sirve de adorno.

Asustado por aquellas informaciones, el capitán ordenó a su tripulación que soltara las cadenas que ataban las ballenas al barco, pues nada le parecía tan importante como la salud de sus hombres. Los franceses se llevaron las manos a la cabeza, pero obedecieron sin rechistar.

—Ahora dígale que acabo de engañarle como a un chino —le indicó entonces Stubb al de Guernsey.

—Dice, *monsieur* —tradujo el oficial—, que se alegra mucho de habernos sido útil.

El capitán respondió que era él quien estaba agradecido, por lo que invitó a Stubb a una copa de burdeos.[6] Stubb la rechazó, se despidió con buenas maneras y regresó al *Pequod* en su lancha.

—¿Qué es lo que busca Stubb? —le pregunté entonces a Quiqueg—. Esas ballenas están tan resecas que darían menos aceite que mi tía Bessie.

—¡Ah, no aceite! Quizá algo mejor —dijo Quiqueg entregándome una pala—. Tesoro por el que tu tía Bessie matar, quizá.

En cuanto el *Bouton de Rose* se perdió en el horizonte, subimos a la lancha para cosechar el fruto de la malicia de Stubb. Cuando llegamos ante las dos ballenas muertas, el olor era tan denso como un enjambre de moscas. Todos los hombres del *Pequod* que estaban en posesión de una pipa la habían llenado de tabaco y hundían su cabeza en dulzonas nubes de humo con tal de protegerse de aquel hedor insoportable.

Nos encaramamos a uno de los animales muertos que flotaban boca arriba como pequeñas islas deshabitadas. Bajo nuestros pies, la piel de la ballena aparecía arrugada y ennegrecida. Stubb hundió su pala junto a una de las aletas laterales del animal, donde el ancho vientre empezaba a estrecharse hacia la cola, y empezó a excavar con el ansia de un buscador de oro.

—¡Termine con eso! —gritó Ahab desde el *Pequod*.

—¡Sólo será un minuto, capitán! —contestó Stubb sin dejar de excavar.

—¡Le he dicho que termine con eso, Stubb!

—¿Y el ámbar gris, señor? Creo que puedo…

---

6 *burdeos*: vino que se cosecha en la región francesa de Burdeos.

Mientras jadeaba por el esfuerzo, Stubb siguió cavando su pozo hacia las entrañas de la ballena. También yo hundía mi pala con frenesí, aunque ignoraba por completo qué era el ámbar gris y me preguntaba si podía valer la pena algo que se ocultaba en un lugar tan infecto.

—¡No hay tiempo para buscar tesoros! —bramó Ahab.

Stubb contestó entre dientes con el rosario de insultos que solía reservar para sus remeros:

—¿Qué es lo que le corre tanta prisa, su propio funeral? ¡Maldito viejo chalado! ¿Para qué ha venido hasta aquí si no es para hacerse rico? ¿Qué clase de ballenero vuelve la espalda al ámbar gris? ¿Es que cree que no queremos compartirlo con él?

Luego, alzando el tono, Stubb gritó:

—¡Lo repartiremos según lo establecido, capitán! —y enseñó los dientes con una sonrisa zalamera antes de volver a murmurar mientras cavaba—: ¿Por qué no fuma su pipa y se calla la boca? ¿A qué viene tanta prisa por seguir siendo pobre?

—¡Stubb, se lo advierto…!

De pronto, una leve vaharada de perfume se abrió paso entre el olor a animales podridos.

—¡Encontramos ámbar gris! ¡Todos ricos, señor! —gritó Quiqueg, mientras Stubb indicaba exageradamente su acuerdo asintiendo con la cabeza, y hacía gestos de triunfo.

Quiqueg dejó caer su pala, hundió una mano en las entrañas de la ballena y cerró su puño en torno a una sustancia plateada. Al instante, de la maloliente mole se elevó un perfume tan maravilloso que transformó nuestra isla en la barca de Cleopatra.

—¡Ámbar gris! —gritó Quiqueg, y se lo pasó por su afeitada cabeza.

—¡Ámbar gris! —jadeó Stubb—. ¡El objeto más preciado de toda la Creación! ¡Pasadme una olla…, algo para meterlo![7]

Ahora Ahab tendría que permitir que Stubb se quedara y terminase el trabajo.

Allí teníamos la materia prima para llenar miles de frascos de perfume, diez mil fragantes cuellos de damas incitando al beso de los hombres debido a un toque de la grasa de las entrañas de una ballena podrida. Era como una broma que Dios hubiera perpetrado cuando creó el mar y sus habitantes. Casi podía oírle decir a sus ángeles: «Escondamos esto donde nunca se les ocurra mirar a los hombres».

Me sentía tan feliz que reí hasta quedar sin respiración. Pero la risa no me impidió ponerme de rodillas y cavar para conseguir mi parte del plateado ámbar gris, mientras Stubb ya repartía las ganancias de nuestra buena suerte en su imaginación.

—¡Seremos todos ricos! —dijo, pues sabía muy bien que los drogueros pagan una guinea de oro por cada onza de ámbar gris—. ¡Ahora ya podemos volver a casa! ¡Si aquí hay lo suficiente, podemos navegar directamente de vuelta a casa!

—¡No se lo volveré a repetir, Stubb…!

—¡Pero capitán! ¡Aquí hay ámbar gris! ¡Mire! —Stubb levantó las manos llenas, como un minero que hubiera encontrado oro.

—¡Basta, ya me ha hecho perder demasiado tiempo! Hemos desperdiciado el día. ¡Vuelvan a bordo o les dejaré a la deriva ahí donde están, con su amigo caníbal!

---

7 El *ámbar gris* es una grasa procedente de las entrañas de ballenas y cachalotes que desprende un olor muy aromático. Se utiliza en perfumería, y en el siglo XVIII llegó a valer más que el oro.

Lo decía en serio, pues enseguida empezó a dar órdenes para que el *Pequod* reanudase la navegación.

—¡Larguen velas![8] —dijo—. ¡Leven el ancla!

Ahab estaba pensando de veras en dejarnos en medio del mar sobre aquella ballena podrida, pues no estaba dispuesto a retrasar su persecución de Moby Dick ni siquiera una hora. Había recorrido el Atlántico y el Pacífico durante meses buscando a un fantasma, y le parecía demasiado perder una mañana recogiendo ámbar gris. Su única ambición era la venganza, y la posibilidad de enriquecerse no entraba en sus planes. De manera que tomamos todo el ámbar que nos fue posible cargar con las manos y subimos de nuevo a la lancha. Para remar, tuvimos que dejar el ámbar en la sentina del bote, así que, cuando alcanzamos el *Pequod,* aquella valiosa materia se había perdido, deshecha en el agua del fondo de la lancha.

---

8 Es decir, 'desplieguen las velas', para que reciban el viento.

—Ese hombre quiere que muramos todos pobres —dijo Stubb con amargura; incluso me pareció oír unas lágrimas ahogadas en su garganta.

Los miembros de la tripulación resoplaban al percatarse de que habían perdido una buena ocasión para ser ricos. Reunidos en el coronamiento,[9] murmuraban mientras veían cómo las dos ballenas se alejaban a popa. Habían perdido aquel tesoro, que quedaría en alta mar para que lo picoteasen las gaviotas y lo mordisquearan los peces.

Starbuck se tomó la pérdida mejor que la mayoría. Quizá su alma cuáquera sintiera horror ante una riqueza repentina y fácil: tal vez pensaba que un hombre no debe hacerse rico por un golpe de suerte, sino trabajando en algo útil, honrado y agotador. Con todo, cuando al día siguiente los bidones de aceite de la bodega comenzaron a gotear, fue el primero en considerarlo un desastre.

—¡Se lo ruego, señor, dé la orden de ponerse al pairo![10] —gritó mientras corría hacia el alcázar y trepaba por la escalera para llegar hasta el capitán Ahab. Yo nunca había visto a Starbuck moverse tan deprisa, y aquello me hizo pensar que, bajo la ropa negra que vestía a causa de sus férreas creencias religiosas, todavía seguía siendo un hombre joven—. ¡Algunos barriles gotean, señor! ¡Hay que subirlos a las cubiertas superiores y repararlos de inmediato!

—Háganlo mientras seguimos rumbo —respondió Ahab, sin apartar los ojos del mar. Su curtido rostro estaba tan endurecido por el viento y la espuma que parecía una estatua de bronce.

—¡No puedo! —protestó Starbuck—. ¡Es preciso que todos los hombres se pongan a vaciar la bodega, y los barriles tienen que amontonarse en una cubierta firme o los perderemos por la borda! ¡Hágame caso, capitán, y ponga la nave al pairo!

—¡Deje los barriles donde están, y al infierno con ese goteo! ¡No voy a perder un día arreglando barriles como un vulgar tonelero!

---

9 *coronamiento*: parte de la borda que corresponde a la popa del barco.

10 Es decir, 'dé la orden de detener la nave'. Lo que pretende Starbuck es que todo el personal de a bordo se ocupe en mover y reparar los barriles.

—¡Entonces perderemos en un solo día más aceite del que podamos conseguir en un año! ¡Hemos hecho veinte mil millas para esto, señor! ¿Y ahora vamos a dejar que se escape?

Todos abandonamos lo que estábamos haciendo: teníamos el corazón en un puño, pues Starbuck se estaba enfrentando abiertamente con el capitán. Ahab abrió los ojos de par en par y apretó el puño.

—¡Veinte mil millas, sí! —suspiró—. ¡Y casi la tuvimos a nuestro alcance!

—Estoy hablando del aceite, señor, del aceite que gotea en la bodega.

—¡Bah! Déjelo gotear. El mundo está lleno de agujeros. Los días de mi vida se me escapan gota a gota por unos cuantos agujeros. No veo que usted se pare a taparlos. No, ¡maldita sea, no nos pondremos al pairo!

—¿Y qué dirán los propietarios?

—¡Me importan un comino los propietarios! —rugió Ahab—. Starbuck, siempre me está usted fastidiando con esos tacaños de propietarios, como si los propietarios fueran mi conciencia. Además, ¿de qué son propietarios esos avariciosos? No nos poseen y tampoco poseen el barco, ¡al menos no mientras yo sea su capitán! Cuando está en alta mar, un barco no reconoce a otro propietario más que a su capitán, así que, mientras yo esté al mando, ¡soy el propietario del *Pequod*, y también de los cuerpos y almas de los que están a bordo! ¿Lo ha oído, Starbuck? ¿Acaso osa criticarme? ¡Venga, a cubierta!

Tras oír aquellos coléricos bramidos, la mayor parte de los hombres hubiera huido con el rabo entre las piernas, pero Starbuck se mantuvo firme, si bien temblaba visiblemente y tenía el rostro rojo y contraído.

—No lo critico, señor —dijo Starbuck respetuosamente—, sino que le suplico que me haga caso. ¿No deberíamos tratar de entendernos entre nosotros, señor? Pienso en el interés de los propietarios. Pienso en el interés de este viaje nuestro. Si no es para ganarnos la vida, para que nuestras mujeres y familias tengan pan, ¿qué es lo que buscamos? ¿A qué oscuridad nos está precipitando, señor?

—¿Oscuridad? ¡Nada de oscuridad, Starbuck! ¡Hacia la blancura, Starbuck, hacia eso vamos!

Ahab, con el rostro contraído como un maníaco, agarró del armero un mosquete[11] y apuntó al pecho de su oficial. Los demás nos quedamos paralizados en nuestros puestos, tal y como estábamos, con la cabeza baja, la espalda curvada y las rodillas dobladas. Pero Starbuck no retrocedió, a pesar de que el dedo de Ahab comenzaba a apretar el gatillo.

—¡No intente que su dios se ponga contra mí, cuáquero! —bramó Ahab—. ¡Sólo hay un dios a bordo de este barco, y soy yo! A bordo del *Pequod* soy el único Dios, Padre Todopoderoso, Creador del Cielo y de la Tierra, ¿me oye? ¡A cubierta!

El rostro de Starbuck volvió a contraerse, pero esta vez de indignación. Dando la espalda al mosquete, se alejó muy dignamente hasta el arranque de la escalera, pero al cabo se volvió por última vez para advertirle a Ahab:

—Su blasfemia me espanta, señor. Pero no diré que desconfíe o que tenga cuidado con Starbuck. Si lo hiciera, se reiría en mis narices. No, lo que le digo es: «Tenga cuidado con Ahab. Que Ahab tenga cuidado del viejo Ahab».

—¡Vaya! —se burló el capitán, avanzando furioso hacia Starbuck—. Se pone valiente pero obedece: ¡es usted un valiente muy cuidadoso! No tiene valor para hacerme frente, ¿eh?

Starbuck ya no respondió. Había regresado a la proa del barco y se hallaba cara al mar abierto. Entre él y Ahab quedaba la bodega principal, llena del precioso aceite de ballena que nos había costado más de un año de esfuerzos, y que ahora resbalaba lentamente hacia la sentina y se perdía.

—¿Ha dicho «que Ahab tenga cuidado de Ahab»? ¿Y qué demonios quiere decir eso? —murmuraba repetidamente el capitán.

Pip, mientras tanto, corría y unía las manos como un niño que reza, y se arrodillaba ante Ahab, y gemía y decía en actitud de adoración:

—Un Dios Padre Todopoderoso, Creador del Cielo y…

Y entonces, de repente, Ahab cambió de opinión. Hizo bocina con las manos en torno a la boca y gritó hacia el palo mayor:

---

11 *mosquete*: arma de fuego semejante a un fusil.

—¡Aferrad juanetes, rizad gavias y velachos![12] ¡Al pairo, muchachos, y abrid luego la bodega principal! El señor Starbuck me informa de que tenemos una pérdida de aceite de la que hay que ocuparse de inmediato. Así que ¡manos a la obra!

Ignoro por qué Ahab decidió al cabo respetar la voluntad de Starbuck. Quizá tuvo un arrebato de honradez, o tal vez comprendió que no era prudente estar a malas con su primer oficial. No sé. El caso es que Starbuck giró en redondo, con el rostro lleno de alegría y gratitud. Oficial y capitán se miraron desde una punta del barco a la otra. En otras circunstancias, el respeto que cada uno sintió por el otro podría haber sido el comienzo de una gran amistad.

---

12 Ahab ordena recoger (*rizar*) los diversos tipos de velas (*juanetes, gavias* y *velachos*) para que la nave deje de navegar.

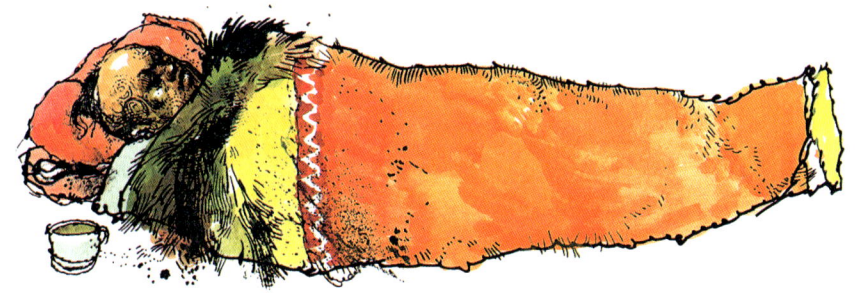

La canoa de Quiqueg

Sudábamos en aquella bodega como almas condenadas en el infierno. Movíamos los barriles y los cerrábamos a cal y canto con clavos, y aquella tarea nos exigía tanto esfuerzo que el sudor se nos escapaba a chorros por los poros de la piel como si también nosotros estuviéramos agujereados. Quiqueg era el único que tenía fuerzas de veras para aquel trabajo, pues en lugar de arrastrar los barriles como hacíamos todos, se los cargaba al hombro para desplazarlos. Los demás éramos simples mortales cristianos, así que nuestras fuerzas tenían un límite; en cambio, Quiqueg era un gigante con músculos de león y manos como garfios. Bien es verdad que sudaba como todos los demás dentro de aquella reducida y apestosa bodega. De hecho, su cuerpo estaba tan mojado que me pareció que algunos de sus tatuajes empezaban a correrse.

Cuando por fin habíamos revisado todos los barriles, Quiqueg salió a cubierta, se dejó caer sobre un montón de lonas y se quedó dormido. Iba casi desnudo, sin más ropa que unos pequeños pantalones de lana, y el sudor se le secó en la piel al aire frío de la noche. Tendría que haberlo tapado con una manta, o haberlo despertado para acompañarlo a su coy,[1] o haberme asegurado de que se encontraba bien. Pero estaba tan cansado que no tuve fuerzas más que para trepar a mi propia hamaca y ponerme a dormir a pierna suelta. De modo que, a la mañana siguiente, Quiqueg ti-

---

1 *coy*: hamaca.

ritaba de frío, por la tarde ardía de fiebre y al anochecer se hallaba a un paso de la muerte. ¡Pobre Quiqueg! Ya no podía hacer nada por él, salvo sentarme a su lado y acusarme una y otra vez de ser un mal amigo por no haber cuidado mejor de quien tan bien me había tratado. Junto a Quiqueg, era tan inútil como un vigía ciego. Lo veía consumirse, hasta que pareció reducido a un corpulento esqueleto y unos cuantos tatuajes. Las sombras de su cara se alargaban, y no hubo un solo marinero en la tripulación que no lo diese por perdido. Cuando, hacia medianoche, se agitó un poco, le ayudé a beber un sorbo de agua, y tuve la impresión de que detrás de sus ojos pardos se cerraban para siempre las puertas de su alma.

—Llamar carpintero —susurró de pronto.

De mala gana, el carpintero de a bordo se acercó con sigilo al enfermo. Los marineros son gente muy supersticiosa, y no les gusta conversar con los moribundos.

—¿Qué es lo que quiere? —me preguntó, evitando mirar a Quiqueg.

Antes de que yo pudiera contestarle, mi amigo le respondió con un susurro áspero:

—Cuando Quiqueg morir, no tirar su hamaca al mar, ¿tú entender? No hamaca. Hacer canoa para Quiqueg. Canoa con tapa, como en Nantucket.

—¿Un ataúd, quieres decir?

Cuando un hombre muere en el mar, se le cose la hamaca alrededor del cuerpo hasta dejarlo encerrado como una mariposa en su crisálida. Luego, el cadáver así amortajado[2] es arrojado por la borda y encomendado al frío insondable del océano. Pero Quiqueg quería un entierro distinto. En Nantucket había visto por casualidad unas pequeñas canoas de madera oscura y, al preguntar por ellas, le habían dicho que servían para enterrar a la gente. A Quiqueg le gustó mucho la idea de ser sepultado así, pues en su tribu existía la costumbre de embalsamar a los muertos, tenderlos en su propia canoa y dejarlos a la deriva sobre el mar camino de las estrellas.

---

2 *amortajado*: cubierto con la *mortaja* ('sábana o vestidura con que se envuelve un cadáver').

Pero, al oír la propuesta de mi amigo, el carpintero se santiguó. Era la primera vez que alguien le encargaba un ataúd para sí mismo. Durante un momento pensé que iba a quejarse por las horas y el trabajo que le costaría construirlo, pero no fue así.

—¿De modo que quieres un ataúd? —dijo—. Pues lo tendrás.

Entonces midió la altura de Quiqueg dando unos pasos a su lado.

—Hummm. Hará falta mucha madera.

Quiqueg sacó unas cuantas monedas y se las entregó al carpintero.

—Tú hacer. Quiqueg dormir ahora —dijo, y cerró los ojos.

El virutas se puso manos a la obra: clavó unos cuantos tablones entre sí, calafateó las juntas[3] y añadió unas asas de cuerda. Después, cepilló el ataúd, lo engrasó con cera e incluso se molestó en grabar una "Q" en la tapa con un cincel. Cuando hubo terminado, Quiqueg nos pidió que lo metiéramos en su reluciente féretro.

—¡Arpón! —dijo, y le pusimos su arpón en un costado—. ¡Agua! —añadió, y le dejé una taza al alcance de la mano—. ¡Galletas! —ordenó, y corrí a traerlas, y se las dejé sobre el pecho.

En la cabecera del ataúd, Quiqueg colocó un frasco de agua dulce y una bolsita de tierra. Después, enrollé un trozo de lona y se la puse en la nuca para que le sirviera de almohada.

—¡Dios! —dijo Quiqueg, y los otros hombres retrocedieron con temor. Yo, por el contrario, sabía lo que quería decir, y le dejé entre las manos el ídolo de madera tallada ante el que mi amigo solía rezar—. Ahora cerrar escotilla —dijo, cruzando los brazos sobre el pecho con la imagen de Yojo pegada a su corazón—. Adiós.

Empujamos la tapa hasta su barbilla como si fuera ropa de cama, y luego le cubrimos la cara con ella. Desde dentro, Quiqueg murmuró:

—*Rarmai.*

Quería decir que el ataúd era cómodo.

---

3 *calafatear las juntas*: 'sellar con *brea* ('sustancia semejante al alquitrán') los espacios vacíos que quedan entre las maderas que componen una embarcación a fin de que no pueda filtrarse el agua'. En este caso, lo que se *calafatea* no es un barco, sino un ataúd.

Desde aquel instante, mi amigo quedaba en manos de sus dioses paganos. Esperaba la muerte dentro de una canoa de madera con la dignidad real con la que Arturo navegó rumbo a Ávalon.[4] Yo, por supuesto, quedaba excluido de su viaje, abandonado en el mundo de los vivos. Pero me resigné. No di golpes en la tapa del ataúd ni traté de abrirlo, porque también yo era marinero y temía mirar a la muerte cara a cara. Lo que hice fue quedarme junto al ataúd para rendirle a Quiqueg mis últimos respetos. Ninguna oración acudió a mis labios, pues tan sólo podía pensar en una cosa: en los favores que me había hecho Quiqueg y que yo no había sido capaz de devolverle.

Pasaron una hora, dos, tres, y de pronto Quiqueg abrió la tapa del ataúd y saltó afuera.

—¡Quiqueg, no estás muerto! —exclamé.

—No, yo recordar algo que no hacer —sopesó el arpón en la mano y practicó un poco con él—. No poder morir todavía.

—¿Quieres decir que has recordado algo que no has hecho y que por eso has decidido seguir viviendo?

—Sí, morir otro día. Hoy bastante pronto.

Vuelto de repente a la vida, Quiqueg empezó a vaciar en el ataúd lo que había en su bolsa de marinero. Con salvaje extravagancia, había decidido usar su féretro a modo de arcón.

—¿Es posible eso? —jadeé incrédulo—. ¿Puedes evitar tu muerte tan sólo porque has decidido seguir viviendo?

—Claro —dijo Quiqueg—. Hombre querer morir, nada poder salvarle. Hombre querer vivir, sólo Dios poder matarle…, o ballena o tormenta quizá.

—¡Es un milagro! —exclamé, mientras mi amigo envolvía en un paño a su dios de madera y lo ponía en un rincón del ataúd. Después, dobló su ropa y la colocó con sumo cuidado en el otro extremo. Mirándole, me di-

---

4 Ávalon es una isla legendaria a la que, según la mitología celta, eran enviados los reyes tras su muerte. En concreto, el rey Arturo, tras morir en la batalla de Camlann, fue introducido en una barca y abandonado en un río que lo llevó hasta Ávalon, donde habrían de cuidarlo las hadas.

je que tal vez en el mundo de Quiqueg los milagros eran cosa de todos los días.

Ahab había dado permiso al carpintero para emplear tiempo y madera en hacer el ataúd de Quiqueg. Por eso cuando Quiqueg cambió de opinión respecto a su muerte y apareció en cubierta, después de un día de descanso, tan sano como antes, Ahab pareció profundamente perturbado.

—¡Qué suplicio! —exclamó.

     ❧   ❧   ❧

Cuando el *Pequod* entró en el mar del Japón, el afán de venganza de Ahab cobró una fuerza definitiva: cada vez que mencionaba a Moby Dick, las venas de su frente se hinchaban como ríos a punto de desbordarse. Para matarla cuando llegara el momento, le había encargado al herrero del *Pequod* que le forjara un arpón tan agudo como una aguja de hielo.

—Esfuérzate para que tenga el temple exacto de la muerte —le dijo.

El herrero obedeció, y en pocos días le entregó a nuestro capitán el arpón más temible que se había visto nunca en un barco ballenero. Al verlo, Ahab lanzó un aullido propio de su delirio.

—Yo te bautizo —dijo—, pero no en el nombre del Padre sino en el nombre del Diablo.[5]

En el mar del Japón, las capturas fueron muy abundantes. Llegamos a matar cuatro ballenas en una sola mañana, aunque tuvimos que dedicar todo el día a atar al barco a tres de ellas. La cuarta la dejamos flotando a cierta distancia del *Pequod*, amarrada a una lancha de remos, pues el sol se había puesto y necesitábamos la luz del día para atarla al barco.

Yo mismo pasé la noche en aquella lancha, al lado de Ahab. Alguien clavó el palo de marcado en el agujero por el que la ballena había expul-

---

[5] La fuente de inspiración de esta peculiar fórmula bautismal se encuentra en un ensayo del historiador británico Francis Palgrave titulado *Superstición y conocimiento* (1823). En dicha obra, se relataba el caso de ciertos sacerdotes acusados de llevar a cabo bautismos con la misma fórmula que utiliza Ahab, cuyo carácter blasfemo y herético es más que evidente.

sado su chorro en vida, y colgó un candil en lo alto. Tendidos sobre nuestros remos, intentamos dormir, pero no fue fácil. Por supuesto, Fedallah se mantuvo despierto durante toda la noche: acurrucado en la proa, con la cabeza entre las rodillas, tenía la vista clavada en los tiburones que nadaban en torno a la ballena excitados por el olor de la sangre.

Ahab se había dormido, pero de pronto despertó sobresaltado, y la lancha se balanceó con sus arrebatos.

—¡He vuelto a soñar lo mismo! —gritó.

Los remeros se agitaron sin dejar de dormir. Yo entreabrí los párpados y escuché con atención.

—¿Ha vuelto a soñar con el coche fúnebre? —sonrió Fedallah.

—¡Sí, sí! Un coche fúnebre coronado de plumas que flotaba en el agua y avanzaba hacia mí... ¿Por qué soñaré con coches fúnebres? Los hombres que mueren en el mar nunca van en coches fúnebres, ¿no es cierto?

—Por supuesto que no —replicó con calma el adivino—. Y, sin embargo, le anuncio que usted no morirá sin haber visto antes ese coche fúnebre.

Ahab rió con poco entusiasmo.

—Entonces seguro que moriré en tierra firme. Fedallah, cuéntame otra vez lo que dijiste de nosotros dos, de ti y de mí.

Los ojos de Fedallah brillaron como luciérnagas a la luz del candil.

—Dije que yo iría por delante de usted, capitán, para ser su piloto. Ya se lo he dicho: sólo puede matarle una cuerda de cáñamo, Ahab.

—¡Te refieres a la horca! ¡Un nudo corredizo! ¡Entonces soy inmortal, al menos en este viaje! —gritó Ahab con una carcajada de burla.

—Yo no he dicho que... —advirtió Fedallah.

Pero Ahab no le hizo caso. Recorría la lancha con la vista, como si buscara a alguien que estuviera vigilándole entre la dormida tripulación. Cerré los ojos de golpe y me fingí profundamente dormido. De hecho, apreté tanto los párpados que en mis ojos cerrados se formaron extrañas imágenes. Una de ellas era un coche fúnebre que avanzaba sobre las olas tirado por caballos con penachos de plumas negras, y cargado con un arcón de marinero en lugar de un ataúd...

Por fin supe la razón por la que Ahab mantenía a Fedallah a su lado: era su mascota, su talismán, su brujo. Según aquel adivino, Ahab estaba destinado a morir después de su profeta, así que, mientras Fedallah viviese, nuestro capitán no debía temer por su vida, ni debía tenerle miedo a la ballena, al agua o al rayo, lo cual era una desgracia, porque un hombre que se cree inmortal se vuelve imprudente, le pierde el temor a Dios y se despreocupa de las vidas de quienes le rodean.

≥ ≥ ≥

Al día siguiente, Ahab apareció en la barandilla del alcázar con el cuadrante[6] levantado a la altura de los ojos. Mirando hacia el sol, trataba de calcular la latitud en que se hallaba el barco. A sus pies había decenas de cartas de navegación. De repente, en un arranque de rabia, Ahab aulló:

—¡Maldito cuadrante! ¿Para qué sirves si no puedes decirme dónde se oculta Moby Dick? ¡Eres un juguete inútil! ¡Al diablo contigo! ¡De ahora en adelante encontraré el camino por instinto como hacen las ballenas!

Atrapado por el demonio de la impaciencia, Ahab arrojó el cuadrante al suelo y lo pisoteó hasta dejarlo destrozado. Y, por si fuera poco, luego lo arrojó al mar. Los marineros que presenciaron aquel arranque de locura intentaron acercarse para salvar el cuadrante, pues valía un buen puñado de dinero. Pero fue inútil: aquel bello instrumento de bronce cincelado con números, escalas y espirales había caído al fondo del mar y estaba perdido para siempre.

Miré a Starbuck, como hacía cada vez que quería constatar si un hecho tenía importancia. En cierto modo, Starbuck era mi cuadrante, y siempre me daba una buena lectura. En aquel momento, su rostro estaba blanco como la cera. Y no era para menos, ya que un barco que ignora su posición exacta en la cuadrícula de un mapa marino está perdido, pues no puede saber dónde se encuentran los arrecifes, los territorios de las ballenas ni los puertos seguros. Un capitán sin cuadrante no puede interpretar

---

6 *cuadrante*: 'instrumento que servía para medir ángulos en el cielo'. Mirando a través del cuadrante, el marinero averiguaba la latitud en que se encontraba el barco.

lo que ven sus ojos en la línea de la costa ni dirigir su nave con acierto por el laberinto estrellado del cielo nocturno. Sólo un loco destroza su cuadrante.

Ahab levantó la vista y advirtió que su tripulación le miraba con cara de desconcierto.

—¡Lo pisé sin querer! —proclamó a gritos.

Pero era una excusa inútil, pues todo el mundo había presenciado su arranque de ira. Entonces Ahab, molesto con la tripulación o tal vez consigo mismo, atravesó con su pata de marfil una carta de navegación y la arrastró por el suelo hasta hacerla pedazos.

Malos presagios

Los climas cálidos son animales de garras muy crueles. Así, en los mares
del Japón, el navegante topa a menudo con la más terrible de las tormentas: el tifón, que estalla de pronto y sin previo aviso, como una bomba
que cae sobre una ciudad soñolienta. Lo sé por propia experiencia, pues
un atardecer vi la luna mecerse sobre el azul indescriptible del mar y al
día siguiente el océano se sacudía con furia desmedida y un torrente de
agua caía desde el cielo sobre el *Pequod*. El viento soplaba del este, el
punto exacto hacia donde Ahab nos llevaba, y el tifón arrancó las velas
como si quisiera devolvernos al lugar de donde habíamos venido. Pero
más estridente aún que el rugido del viento era el escándalo que armaba
Stubb al cantar:

Oh, qué alegre es la tormenta.
La ballena está contenta,
su gran cola al agitar:
¡qué mimoso que es el mar!

—¿Es necesario que grite tanto? —exclamó finalmente Starbuck, agarrando a Stubb por el hombro—. Si es usted un hombre valiente, estese callado mientras intentamos capear la tormenta.

—Es que yo no soy un hombre valiente —replicó Stubb—: he de cantar para conservar los ánimos. Córteme el cuello y entonces me quedaré callado —y siguió cantando, sin importarle que su melodía se perdiera entre el alboroto del viento, la lluvia y los truenos.

Mientras tanto, Ahab avanzaba por la oscuridad aferrándose a la barandilla del barco. Venía hacia nosotros cuando tres relámpagos seguidos iluminaron su rostro. Su boca, entreabierta para tomar aliento, rebosaba de lluvia como un desagüe obstruido. Uno de los rayos alcanzó el palo mayor del *Pequod* y sacudió el barco por entero. El ruido fue ensordecedor, y la luz nos cegó. Tres ángeles armados con espadas de fuego nos habrían dado menos miedo. Mis compañeros quedaron paralizados: de pronto comprendimos que no éramos más que una veintena de hombres agarrados a un endeble montón de tablas en medio del océano. Todos los rostros se volvieron hacia el cielo y se iluminaron: parecían de tiza. Después, alzamos nuestras manos para protegernos los ojos de aquel fulminante resplandor.

Los mástiles ardieron, y no con el alegre chisporroteo del fuego del hogar, sino con una fosforescencia blanca que no hacía brasa. El fuego formó un penacho desde el palo mayor, y ondeó como una bandera hasta que acabó por encender los otros dos palos. Entonces Ahab apartó sus manos de los ojos.

—¡Adelante, ciégame! —bramó al mástil—. ¡Ensordéceme con tu trueno, abrásame el cerebro, córtame la cabeza con tu sierra amarilla! ¡De acuerdo, eres más fuerte que yo, lo sé! ¡Y sé también que puedes matarme! ¡Tuyo es el honor, el poder y la gloria, lo admito! ¡Pero sé cómo adorarte!

¡No te interesa el amor ni el odio! ¡El desafío: eso es lo único que entiendes! Pues bien, ¡te desafío! ¡Y seguiré desafiándote hasta mi último aliento!

¿A quién estaba desafiando? ¿A Dios? ¿Al demonio? ¿A la tormenta? ¿O acaso se había convertido Moby Dick, aquella obsesiva pesadilla suya, en algo tan grande que Ahab osaba desafiar a los elementos?

—¡Mirad, hombres, mirad! —decía—. ¡Ése es el fuego blanco que ilumina nuestro camino hacia la ballena blanca!

Starbuck perdió pie por culpa de una ola y rodó por la cubierta. Al levantarse, le dirigió una súplica a Ahab:

—Pero ¿es que no se da cuenta, capitán? ¡Dios le está diciendo que dé la vuelta! ¿Cuántas señales más necesita, viejo, para entender el mensaje? ¿Diez plagas, como el faraón?[1] ¡Dios le está diciendo que dé la vuelta! Volvamos a casa, capitán. ¿No ve que el cielo está poniendo todo tipo de obstáculos en su camino? ¡Dios le manda mensajeros angélicos para mostrarle un sinfín de presagios! ¿Es que no lo entiende? ¡Fíjese en la lancha, viejo!

Starbuck señalaba con gestos enloquecidos hacia la lancha de remos que Ahab y los filipinos usaban para cazar ballenas. Una ola la había desfondado, así que tenía la apariencia de la cáscara de un huevo vacío. Una lengua de fuego azul titilaba en la punta del arpón de Ahab, abandonado en la proa de la lancha. Parecía una serpiente fosforescente.

—¡El cuaderno de bitácora ha desaparecido y la boya salvavidas se ha ido por la borda…! ¡El viento nos empuja de vuelta a Nantucket! ¡Déjese empujar, viejo! ¡Dios está contra usted! ¡Vire para volver a casa!

Los demás salimos de nuestro trance y corrimos hacia los cabos: aunque no quedaba ni un trozo de vela que izar, hicimos los movimientos adecuados para virar en redondo. No había duda de que Starbuck estaba en lo cierto: Dios quería que volviéramos a casa. Pero Ahab, furioso, no se dejaba convencer. Más inquieto que nunca, se acercó a la desfondada lancha de remos, agarró el arpón con su halo de fuego y lo blandió como si fuera el más fiero de todos entre una tripulación de valientes guerreros.

—¡Si algún hombre hace un solo movimiento para que este barco vire —rugió—, prometo atravesarle el pecho con esto y usar después su cuerpo como cebo para las ballenas! ¡Jurasteis perseguir a Moby Dick hasta la muerte y hasta la muerte la perseguiréis conmigo! Hasta la muerte, ¿lo oís?

La cortina de lluvia apagó el fuego de los tres mástiles, y una negrura de tinta se abatió de nuevo sobre el barco. Supongo que la tarde en que mataron a Cristo el cielo se volvió así de negro mientras la tierra temblaba en Jerusalén lo mismo que el mar bajo el casco del *Pequod*. Starbuck

---

1 La Biblia (Éxodo, 5) explica que Dios ordenó a Moisés que rescatara a los hebreos, esclavizados en Egipto, y los llevara hasta Canaán. El faraón se negó a liberarlos, y entonces Yahveh hizo que cayeran diez plagas sobre Egipto, entre ellas una de ranas y otra de mosquitos. Tales azotes provocaron que el faraón aceptara al fin liberar a los hebreos.

alzó la vista hacia los tres mástiles y vio tres cruces destacándose en un cielo sin luz. Aquel viaje le había llevado al Gólgota, y él no había hecho nada, salvo estarse quieto y contemplar la crucifixión de su dios.[2] ¿Qué otra cosa podría haber hecho? ¿Apoderarse del control del barco?

El tifón acabó pasada la medianoche. Entonces izamos velas nuevas en los palos y el barco empezó a recibir el viento desde popa. Era una buena señal que compensaba los malos presagios de otros días; por eso todos cantábamos de júbilo. Starbuck bajó entonces a comunicarle al capitán que el viento nos era favorable y yo, picado por la curiosidad, decidí seguirle los pasos.

Cuando Starbuck llegó ante la cabina de Ahab, vaciló un momento. Como la puerta no estaba atrancada, se abría y se cerraba con el balanceo del barco, y de vez en cuando dejaba escapar una ráfaga de luz, como si fuera un faro. Starbuck distinguió a Ahab dormitando en su asiento, que estaba atornillado al suelo para que no se moviera con los golpes de mar. Al fondo, en la pared, había un armero con una hilera de mosquetes. Starbuck se fijó en uno de ellos, que tenía la culata tachonada,[3] y se acercó a mirarlo.

—Sí —murmuró—, ése es el mosquete con que el que me apuntó el otro día. Estaba dispuesto a pegarme un tiro, a matarme como a un perro, ¿no es cierto? ¡Y está dispuesto a matar a toda su tripulación! Por eso no le importan las tormentas, y por eso ha destrozado su cuadrante. ¡No soporto al viejo! No escucha a nadie, todo lo desprecia. Exige obediencia y no da nada a cambio…

Entonces Starbuck tomó el arma y apuntó directamente al pecho de Ahab, mientras en su conciencia se libraba un arduo combate.

—¿Es que no hay un modo legal de acabar con todo esto? —murmuró.

Sabía que hacer prisionero a Ahab para llevarlo a puerto era una locura. Si lo hubiese encadenado al suelo de la cabina, Ahab habría reaccionado como un tigre rabioso. Antes de que el barco hubiese recorrido cua-

---

2 El Gólgota es el monte situado a las afueras de Jerusalén donde Jesucristo fue crucificado junto a los dos ladrones.

3 *tachonada*: adornada con *tachones* ('especie de chinchetas') clavados.

renta leguas, habría convencido a alguien para que lo liberase, y enton-ces… Starbuck debió de pensar que era mejor liquidar a Ahab en aquel momento, antes de que despertase, así que su dedo se tensó en el gatillo, preparado para disparar. Sin embargo, saltaban a la vista las dudas de su corazón: sabía que matar a un hombre es un pecado y un delito, pero también que matar a Ahab era una necesidad. Aquel capitán desquiciado, envenenado por su afán de venganza, iba a llevar al sacrificio a todos sus hombres. Sólo si él moría se salvaría el resto de la tripulación.

Mi frente estaba empapada de sudor y mis ojos no se apartaban ni un solo instante del dedo de Starbuck. «Tiene que matarlo», pensaba, «tiene que matarlo». Pero al instante me arrepentía, pues comprendía las terribles consecuencias que aquel acto tendría para Starbuck. «No dispare o se condenará para siempre», le dije entonces. «Piense en su vida, Starbuck. No eche su alma a perder». Pero el oficial no pensaba en su alma, sino en su felicidad y en su familia.

—¡Un disparo y viviré para volver a verte, Mary! —exclamó—. ¡Un disparo y volveré a casa contigo, hijo mío! Si permito que Ahab siga viviendo hará que me ahogue a miles de millas de vosotros, en algún océano tan profundo que me hundiré sin descanso durante muchos días hasta llegar a mi última morada, y nunca me encontraréis. Seré uno de tantos marineros que jamás vuelven a casa. Otro hogar sin padre. ¡Oh, Dios, ayúdame! ¿Debo hacerlo? ¿Puedo hacerlo? ¿Es esto lo que quieres, Señor? ¿Dónde estás, Gran Dios, dónde?

Ni siquiera Jacob cuando luchó con Dios tuvo que hacer tantos esfuerzos como Starbuck ante la puerta de la cabina de Ahab.[4] Una sola señal le habría dado valor para disparar, pero no se produjo ninguna. Dios no habló y, poco a poco, el hipnótico carisma de Ahab surtió efecto sobre Starbuck. Incluso dormido, Ahab ejercía un poder abrumador sobre los demás, así que Starbuck acabó aislado en su incertidumbre, como un hombre rodeado por la marea. Dejó el mosquete en su sitio y subió a cubierta.

—El capitán duerme profundamente —le dijo entonces a Stubb—. Dígale usted que el viento ha amainado y que, por lo tanto, podrá hacer realidad sus propósitos de ateo. Yo mismo le ayudaré a conseguirlo, pues ése es mi deber.

Así que Starbuck orientó el barco hacia el este, de acuerdo con los deseos de Ahab, quien estaba convencido de que allí, en algún punto del horizonte, volvería a encontrarse con Moby Dick.

El barco viró, pero no ocurrió lo mismo con la aguja de la brújula. El rayo que había caído sobre el *Pequod* la había desimantado y ya no señalaba el norte, sino que oscilaba sin rumbo cierto, así que resultaba tan

---

4 El Antiguo Testamento explica que Jacob, mientras viajaba de noche hacia Palestina, fue asaltado en la oscuridad por un extraño, con el que se enzarzó en una pelea que duró largas horas. Cuando ya iba a amanecer, Jacob logró la victoria, y entonces el desconocido confesó su identidad: era Dios (Génesis, 32, 25-31).

inútil como una aguja de zurcir. Para muchos, aquello fue otro mal presagio, y Starbuck dijo que era un nuevo intento de los ángeles del Señor para desviar a Ahab de sus descabellados propósitos. Pero Ahab aún tenía el sol para orientarse, y hasta que los ángeles arrancaran a ese astro del cielo, seguiría navegando derecho hacia el este, con sus remendadas velas hinchadas por el aliento febril de la venganza.

Al amanecer del día siguiente, nos despertó un extraño ruido. Stubb quiso ahogarlo con una de sus canciones, pero le falló la voz. Navegábamos sorteando un racimo de islotes rocosos cuando oímos en mitad del mar algo parecido al sollozo de un niño.

—¡Mary, mira a ver qué le pasa al pequeño! —gritó Starbuck, despertándose en su hamaca.

El lloro se convirtió en dos, cinco, veinte sollozos. En Belén debió de oírse algo semejante la noche en que Herodes ordenó a sus soldados que matasen a todos los recién nacidos.[5]

—¡Son sirenas! —exclamó Stubb.

—No —dijo el hombre de la isla de Man,[6] que era el más viejo de a bordo y parecía saber más que nadie del mar—. Son almas de marineros que se han ahogado no hace mucho. Seguro que ha sido en alguna tormenta.

Pero Ahab se rió.

—Sois unos necios —dijo—. Lo que oís son las focas que viven en esos islotes. Algunas de ellas son jóvenes y han perdido a sus madres, y por eso gritan con esos gemidos que parecen humanos.

De pronto, una voz estridente y aguda desmintió a Ahab:

—¡No, no! —decía—. ¡Es Pip quien llora! ¡Quiere subir a bordo, pero no debéis dejarle!

Era el propio Pip quien gritaba. Titubeando de miedo, avanzaba agarrado a la barandilla y señalaba hacia el mar con ojos de pánico.

---

5 Tras el nacimiento de Jesús, Herodes, el rey de Judea, supo que en Belén había nacido un niño llamado a ser rey de los judíos. Para evitar que ese destino se cumpliera, Herodes mandó matar a todos los niños menores de dos años nacidos en Belén y sus alrededores, pero Jesús salvó la vida porque José y María huyeron a Egipto (Mateo, 2).

6 La isla de Man está situada entre Gran Bretaña e Irlanda.

—¡Es Pip! ¡Fijaos cómo saca el brazo del agua! ¡Pero no dejéis que ese cobarde vuelva a bordo! ¡No le dejéis!

—¡Cállate, loco! —le gritó el hombre de Man—. ¡Vete de aquí!

Pero Ahab defendió al joven negrito.

—¡Quita las manos de ese bendito muchacho! —dijo; y, dirigiéndose a Pip, añadió—: ¿Dónde decías que estaba Pip, muchacho?

—¡A popa, capitán, mírelo, mírelo!

—¿Y quién eres tú, entonces?

—El campanero del barco, señor. Pero ¿qué más da eso? ¡Hay que acabar con Pip! ¡Es un cobarde! ¡Saltó al agua por más que le habían dicho que no lo hiciera! ¡No le deje subir a bordo, capitán, este barco no necesita cobardes!

—¡Pobre chiquillo! —concluyó Ahab, acariciando el pelo ensortijado de Pip—. Me llegas a lo más hondo de las entrañas. Ya veo que Dios te ha abandonado. Pero no temas: yo no voy a dejarte. Ven, dame la mano y vayamos a mi cabina.

—Gracias, capitán —sonrió Pip—. Jamás me apartaré de usted.

Ahab miró a sus hombres y dijo:

—Ya véis que estáis equivocados los que pensáis que en los dioses está toda la bondad y en los hombres toda la maldad, pues Dios ha abandonado a este muchacho que sufre, y yo, en cambio, voy a ayudarle. ¿Cómo podéis pensar que Dios es bondadoso? ¿Qué tipo de dios es el que le vuelve la espalda a un niño y lo condena a la locura?

Y, tras mirar con desdén a Starbuck, Ahab se llevó a Pip a su cabina, como una madre que llevara a su hijo de la mano.

—Esos dos se llevarán bien —dijo el hombre de Man con crudeza—, porque los dos están igual de locos: uno loco de debilidad, y el otro loco de poder…

Tenía razón, pero entonces no pensé mucho en ello. Estaba demasiado aturdido: los terribles gritos que resonaban en las islas no podían presagiar nada bueno.

El infortunado "Rachel"

Al día siguiente, un gran barco vino directo hacia nosotros, con toda la arboladura[1] cuajada de marineros. En su proa tenía escrito un nombre bíblico: *Rachel*. Ahab tomó su bocina y gritó al viento:

—¿Habéis visto a la ballena blanca?

El capitán del *Rachel* respondió sin mucho entusiasmo:

—Sí, la vimos ayer. Y vosotros, ¿habéis visto una lancha ballenera a la deriva?

Conteniendo su alegría, Ahab respondió que no, y enseguida pidió a voz en grito una lancha para llegar hasta el *Rachel*. Saltaba a la vista que el capitán de aquel barco también estaba ansioso por hablar, pues se lanzó a un bote para acercarse al *Pequod*. Tenía tanta prisa, que llegó casi sin aliento. Cuando lo tuvo delante, Ahab lo reconoció, pues también el capitán Gardiner era de Nantucket.

Con los ojos brillantes y una sonrisa eufórica, Ahab ayudó a Gardiner a subir al *Pequod* y, olvidando los saludos de cortesía, lo abrumó con un rosario de preguntas:

---

1 *arboladura*: conjunto de palos de un buque, en los que se tienden las velas.

—Dígame, capitán Gardiner, ¿dónde vio a la ballena? ¿Dice que la vio ayer? No la habrá matado, ¿verdad? No está muerta, ¿eh? ¿En qué dirección debo navegar para encontrarla?

El capitán Gardiner tenía una expresión extraña, semejante a la que yo había visto alguna vez en los hombres de Terranova cuando el hielo les paralizaba los músculos de la cara. Apenas separaba los labios cuando hablaba, ni parpadeaba ni se sacaba las manos de los bolsillos: se limitaba a devolverle la mirada a Ahab con una expresión tan desolada como enloquecida. ¿Acaso la ballena blanca causaba tal efecto en los hombres?

—Al mediodía de ayer —explicó Gardiner—, tenía tres lanchas a la caza de una manada de ballenas cuando de pronto surgió ese monstruo blanco desde el fondo del agua y pedí que arriaran la cuarta lancha, la de repuesto, para ir tras ella. El arpón dio en el blanco, pero la ballena inició su huida a toda velocidad y se llevó tras sí a la lancha. Es algo que pasa a menudo, usted lo sabe. Las lanchas son arrastradas por su presa, pero, a la larga, o bien la ballena se cansa o bien en el bote se corta la estacha, así que el suceso se olvida pronto: no importa demasiado, salvo cuando la lancha se pierde a la deriva. Tuve que esperar para recoger a las tres primeras tripulaciones, así que ya atardecía cuando me pude poner a buscar. He oteado el horizonte sin parar durante toda la noche y a lo largo de toda esta mañana, pero no hemos encontrado ni rastro de esa lancha.

A mi lado, Quiqueg dijo:

—Haber algo en esa lancha. Algo que querer recuperar como sea.

—Seguro que es su mejor lancha —dijo el hombre de la isla de Man.

—O quizá esté en ella su mejor arponero —sugirió Flask.

—Apuesto lo que queráis —susurró Stubb— que alguno de los que van en esa lancha se ha llevado consigo la mejor chaqueta de ese capitán, o su reloj, y el tipo se muere de ganas de recuperarlo. Si no, ¿para qué iba a perder tanto tiempo buscando una lancha de tres al cuarto en plena temporada de pesca? ¡Miradlo qué pálido está!

Pero, de pronto, Stubb se quedó pensativo, y entonces lo comprendió todo, como si hubiera recibido una revelación.

—¡Sí, es eso…!

Pero fue el propio Gardiner quien confirmó la intuición de Stubb.

—¡Es mi hijo, capitán! —gritó de pronto—. ¡Mi único hijo está entre ellos! ¡Iba en esa cuarta lancha! ¡Es mi hijo, capitán! ¡Sólo tiene doce años y es su primer viaje! ¡Por favor, capitán, ayúdeme, se lo ruego por lo más sagrado! Si trabajamos juntos, no tardaremos en encontrarlos. ¿Verdad que me ayudará? ¡Le alquilaré el barco, le pagaré su tiempo! No saldrá perdiendo, ¡se lo prometo! Pero se nos unirá en la búsqueda, ¿verdad? ¡Tiene que hacerlo y lo hará! Mi hijo está por ahí en algún lugar, a la deriva. ¡Pero nosotros podríamos encontrarle antes de que sea tarde! Nosotros dos, si somos metódicos…

«Tenemos que buscarlo», pensé.

—No está a la deriva, se ha ahogado —susurró el viejo marinero de Man—. Ayer oímos gritar a su espíritu, ¿lo recordáis?

El capitán Gardiner no podía concebir la idea de que su hijo hubiese muerto. La muerte de un hijo no se acepta así como así: hacen falta pruebas para convencerse de que no ha de volver nunca más. Por eso pensé que debíamos ayudar al capitán Gardiner. La ética de los marinos nos obligaba a hacerlo. Sin embargo, Ahab no dijo nada. Erguido ante el capitán del *Rachel*, se rascaba la barba, pensativo.

—¡No me iré hasta que diga que sí! —insistió Gardiner, con un asomo de alegría que enseguida quedó pulverizado por el terror—. Yo haría lo mismo por usted, Dios lo sabe, si fuera su chico. Porque tiene usted un hijo, ¿verdad, Ahab?, un hijo de su vejez. Pues piense en él. Ahora es pequeño y está a salvo en su nido, pero algún día tal vez deba afrontar una situación desesperada, como ahora la afronta mi hijo. Y, en ese caso, ¿cree que yo me negaría a ayudarle?

Hubo cierto revuelo entre la tripulación del *Pequod*. Muchos no sabían que Ahab tenía un hijo pequeño: lo veían como un simple tullido en cuyo corazón no cabía más sentimiento que el odio a Moby Dick.

—No, no lo puedo hacer —dijo Ahab, y nuevamente nos dominó el vértigo de la incredulidad—. Incluso ahora estoy perdiendo tiempo al hablar con usted. Siento mucho su desgracia, pero tengo asuntos muy importantes de los que ocuparme.

Luego, dándole la espalda a Gardiner, Ahab le dijo a Starbuck en su tono más severo:

—Asegúrese de que todos estos extraños estén fuera de este barco en tres minutos, y luego ponga el mismo rumbo que antes.

Ahab contorsionó sus caderas para desencajar su pata de marfil, y luego abandonó la cubierta cojeando, en dirección a su cabina. El capitán Gardiner se quedó paralizado en su sitio, y miró uno por uno a todos los tripulantes del *Pequod* con unos ojos implorantes y consternados, pero lo único que se nos ocurrió hacer por su alma atormentada fue darle la espalda y ocupar nuestros puestos. Estábamos dominados por el mismo demonio que Ahab, o eso parecía, y éramos incapaces de llevar a cabo ningún acto verdaderamente humano.

Sin una palabra más, Gardiner regresó a su barco, y el *Pequod* y el *Rachel* pronto tomaron distintos rumbos. Al separarse, sus estelas se entrelazaron como las colas de dos serpientes de mar. El *Rachel* comenzó a surcar las olas y la espuma rompió contra su casco. Mientras el pobre capitán Gardiner volvía a su triste búsqueda solitaria, el mascarón de proa[2] de

---

2 *mascarón de proa*: escultura que adorna el casco del barco por su parte frontal.

su buque parecía llorar lágrimas saladas, como las que Raquel derramaba en la Biblia por sus hijos perdidos.[3] Y no era para menos, pues en el horizonte de aquel barco errante se dibujaba el signo de la desolación.

               ʚ ʚ ʚ

Tras el encuentro con el *Rachel*, Ahab llamó a Pip a su cabina y le dijo:

—Puedes sentarte en mi silla, muchacho, y te sentirás como si fueses el capitán de este barco, pero ya no volveré a llevarte de la mano. No te conviene estar junto a mí.

—Capitán, tengo que ir con usted —imploró Pip.

Pero Ahab no le hizo caso: nunca más regresó a su cabina. Navegábamos por el mismo mar donde Moby Dick le había arrebatado la pierna, así que Ahab se pasaba todo el día y toda la noche en el alcázar, oteando el horizonte con un sombrero impermeable hundido hasta las cejas. Era imposible decir cuándo tenía los ojos abiertos y cuándo cerrados, de modo que todos los hombres de a bordo se sentían constantemente vigilados, obligados a cumplir con sus tareas sin remolonear.

Cada media hora sonaba la campana del barco, y cada media hora Ahab gritaba a los vigías:

—¿Veis algo?

—¡Nada! —era la eterna respuesta.

Así cada media hora durante tres días, hasta que al fin Ahab, exasperado, empezó a desconfiar de sus propios vigías. Entonces aparejó una silla de contramaestre y nos ordenó que le izáramos con un torno hasta los obenques.[4]

—¡Sois ciegos como los topos! —nos soltó—. ¡Miraré yo mismo y seré el primero en descubrir a Moby Dick! ¡Os moriréis de vergüenza cuando me quede con ese doblón de oro!

---

3 El narrador vuelve a tener en mente el episodio bíblico de la matanza de Herodes, donde Raquel, esposa de Jacob y madre del pueblo judío, es citada como encarnación de la madre que llora a sus hijos muertos (Mateo, 2, 17-18).

4 *contramaestre*: oficial que dirige la marinería; *obenque*: cuerda gruesa que sujeta la cabeza de un palo.

Nos apiñamos en los penoles[5] como flores en las ramas de un almendro, y Ahab se balanceaba por encima de nuestras cabezas como un negro nubarrón o como un pirata que colgara del palo mayor, cubierto de alquitrán y cadenas para ejemplo de los demás. Podríamos haber cortado las cuerdas para que Ahab cayera en picado y se rompiese el cuello, pero no lo hicimos. Obedecíamos como autómatas, y no sentíamos ni tristeza ni alegría, sólo la ardiente certeza de que se avecinaba un suceso decisivo que cambiaría nuestra vida para siempre.

Un negro halcón marino con el pico rojo como la sangre bajó desde el cielo batiendo las alas y dio vueltas perezosas en torno al palo mayor. Ahab apenas se fijó en él, pues no apartaba los ojos del horizonte. El ave subió, volvió a bajar revoloteando y empezó a dar vueltas alrededor de la cabeza de nuestro capitán, pero, por más que el halcón chillaba, Ahab no

5 *penol*: punta o extremo de la *verga* ('palo atravesado en el mástil que sirve de percha para colgar la vela').

144

le hacía caso: tenía la vista clavada a muchas millas de distancia. De repente, el ave le quitó el sombrero con el pico y se fue volando muy lejos del *Pequod*.

—¡Maldito pájaro! —exclamó Ahab.

Pero apenas lo miró, porque sólo tenía ojos para Moby Dick.

Al cabo de unos minutos, cuando había alcanzado el horizonte, el halcón soltó su presa, convertida en un diminuto punto negro que caía muy despacio sobre un mar de papel.

🐌 🐌 🐌

Era un hermoso día. El mar tenía los colores de las piedras preciosas: era un mosaico de luz apenas rizado por una brisa suave como la seda. De vez en cuando, se hinchaba en lentas olas, con un movimiento recio y viril, como el pecho de Sansón en su sueño.[6] Ahab contemplaba aquella belleza desde su asiento en las alturas, y se dejó conmover. El paisaje tocó de pronto un rincón de su alma al que ni Boomer ni Gardiner ni Starbuck ni el mismo Dios habían sabido llegar. Una lágrima solitaria resbaló

---

6 Ismael evoca la figura de Sansón, juez de Israel que poseía una fuerza colosal cuyo secreto radicaba en su larga cabellera. Un día, Sansón se quedó dormido, situación que la traicionera Dalila aprovechó para raparle el pelo y despojarlo así de su enorme vigor (Jueces, 16).

por el surco de la cicatriz de su cara y cayó atravesando el espacio para perderse en el mar. Entonces, Ahab nombró a Starbuck, que mantenía el equilibro en el penol de abajo.

—¿Sabes, Starbuck? —suspiró—, la primera vez que herí a una ballena fue en un día como éste. Han pasado cuarenta años. Cuando pienso en la vida que he llevado desde entonces… He trabajado mucho, he sentido el cansancio asediando mi cuerpo, he sufrido el tedio y el temor, he pasado hambre y sed, calor y frío… Me casé entre dos viajes, después de haber cumplido los cincuenta, pero me embarqué al día siguiente de la boda y estuve fuera tres años. ¿Qué clase de matrimonio es ése? Mi esposa, ¿es de veras mi esposa o es la viuda de un marino que aún no ha muerto? De los últimos cuarenta años, sólo he pasado tres en tierra firme. ¿Qué clase de vida es ésta? ¿Es una vida o es un terremoto? Siempre a la caza de ballenas… ¡Qué loco he sido al llevar una vida así! ¿Parezco tan viejo como me siento, Starbuck? Me siento como si me hubiera estado arrastrando por el océano desde que Adán dejó el Paraíso. Los siglos se amontonan a mis espaldas y me cuesta cargar con ellos… ¡Oh, Starbuck, no sabes qué terrible es sentirse tan intolerablemente viejo!

Las palabras se derramaron sobre Starbuck poco a poco y, al empaparle, se filtraron hacia mí, que me balanceaba en la jarcia de abajo como una araña en una tela cubierta de rocío.

—Hacia esta hora, mi hijo se estará despertando de la siesta —dijo Ahab—. Estará incorporándose, entre risas. Mi mujer le dirá otra vez que estoy lejos en el profundo mar azul y que volveré pronto para jugar con él.

—¡Igual que mi Mary! —dijo Starbuck con voz entrecortada, como si no acabara de creerse que hubiera en el mundo un hogar tan parecido al suyo—. Todos los días lleva a mi hijo a la cima de la colina que hay detrás de nuestra casa para ver si regresa el barco de papá. ¡Oh, Dios, volvamos a casa con ellos, Ahab! ¡Por el amor de Dios, volvamos a casa a ver cómo nuestros hijos nos saludan con la mano desde lo alto de la colina!

Toqué el mástil del que colgaban los obenques, y me pareció que temblaba con los mismos escalofríos que sacudían a Ahab hasta la médula.

—¿Qué es lo que me empuja? —preguntó Ahab al mar abierto—. ¿Qué cruel tirano me manda para que, contra mis propios deseos, siga adelante en busca de Moby Dick? ¿Soy de veras yo quien decide? ¿No es Dios quien lo hace por mí? ¿Por qué tengo que seguir adelante, desafiándome a mí mismo a hacer lo que hago? ¿Es así como me ha creado Dios? ¡Sí, es Dios quien me impone este destino! Pero, ¿qué gana Dios con esto? Si soy como soy, ¿qué le importa a Dios, eh? No es a Dios a quien hay que culpar por crear asesinos, déspotas y locos y… ¡Starbuck!

Pero el primer oficial se retiraba ya, abatido: su rostro era el vivo retrato de la desesperación. Al oír su nombre, Starbuck alzó la vista una vez más y vio a Ahab olfateando el aire como un perro, al tiempo que decía:

—¡La estoy oliendo, Starbuck! ¡Huelo a Moby Dick! Huelo los percebes de su espalda, los pájaros que vuelan sobre ella, su grasa y su aliento. ¡Está cerca, Starbuck! ¡Está muy, pero que muy cerca!

Moby Dick

—¡Por allí resopla! —gritó Ahab de buena mañana, con la cara ilumina-
da por la alegría—. ¡Acabo de ver una joroba blanca y enorme como una
montaña cubierta de nieve! ¡Es Moby Dick!

Nuestro capitán había avistado a la ballena con sus propios ojos, así
que habíamos perdido el doblón de oro.

—¡Arriad tres lanchas! —ordenó Ahab, muy excitado—. Starbuck,
usted se quedará a bordo, guardando el *Pequod*. Será lo mejor para su
mujer y para su hijo. No me replique: es una orden. ¡Lanchas, lanchas!

Por supuesto que fue la tripulación de filipinos de Ahab la que primero entró en acción. El propio Ahab era el arponero de proa de aquella

lancha. Cuando la ballena emergió por segunda vez, la teníamos tan cerca que pudimos ver cada arruga de su frente, cada desgarrón en sus aletas, cada uno de los retorcidos arpones que llevaba clavados en la piel, tan arraigados como si pertenecieran a su propio cuerpo. Vimos también su torcida mandíbula bajo una numerosa bandada de negros halcones que se congregó en torno a su joroba. Cuando Moby Dick se sumergió otra vez, las aves revolotearon y se alejaron en docenas de direcciones, pero luego

se pusieron a esperar, mucho más arriba, a que reapareciera aquella blanca isla de carne.

Las prisas con que habíamos botado las lanchas no sirvieron de mucho, pues tuvimos que permanecer parados en un mar en calma durante toda una hora. Moby Dick se había sumergido tanto que llegamos a pensar que su aparición había sido un mero espejismo. Pero, de pronto, Tashtego señaló el cielo y gritó:

—¡Los pájaros!

Desde el cielo, los halcones habían visto emerger a la ballena. Bajo la bandada descubrimos, en efecto, la blanca joroba de Moby Dick, que subía desde lo más profundo del océano. Nos dirigimos hacia allí, y la ballena emergió con prodigiosa rapidez. Lo hizo justo bajo la lancha de Ahab, y abrió su torcida boca de par en par como una tumba que espera a su difunto. Dos largas filas de dientes deshicieron el agua azul en blancas burbujas, y las mandíbulas de Moby Dick se cerraron en torno a la lancha de Ahab, que quedó partida en dos en un instante. Ahab se aferró a la proa del bote, pero entonces el arpón resbaló de su manos, y sus pier-

151

nas comenzaron a tambalearse. Estaba tan furioso que maldecía a Moby Dick con un lenguaje hiriente como la brea hirviendo. Al haber perdido el arpón, no podía matar a Moby Dick, pero puso sus manos en la mandíbula inferior de la ballena como si hubiera decidido luchar con ella cuerpo a cuerpo. Sucedió, sin embargo, que la mandíbula estaba mojada y era lisa como el cristal, así que Ahab perdió el equilibrio. Para no caer al mar, apoyó las manos en la borda de la lancha, y entonces la ballena comenzó a nadar alrededor de Ahab dando unos aletazos furiosos. Sintiéndose vencedora, revolvía el agua con una energía brutal, y su torcida mandíbula parecía sonreír con gesto burlón.

Ahab, mientras tanto, forcejeaba sin apenas fuerza. Los demás no nos atrevimos a acercarnos, sino que nos pusimos a remar en dirección opuesta para salvar nuestras vidas. Incapaz de nadar, Ahab sacaba de vez en

cuando la cabeza del agua y se aferraba a los restos de su lancha, que giraban en el remolino originado por las vueltas que daba Moby Dick.

—¡Echad de aquí a la ballena! —gritaba, pero su voz se ahogaba en medio de los chillidos de los halcones marinos.

Una y otra vez, Ahab miraba hacia el *Pequod*, esperando que Starbuck acudiese al rescate. Así que debió de sentir un gran alivio cuando vio que el *Pequod* variaba su rumbo y se acercaba a toda velocidad a Moby Dick. O la ballena se alejaba de Ahab, o toparía con el *Pequod* en una espantosa colisión. Los que íbamos en las lanchas contuvimos el aliento, pero, justo cuando el *Pequod* iba a golpear a aquel blanco iceberg llamado Moby Dick, la ballena se hundió en el agua, con lo que levantó unas olas tan altas como el palo mayor de nuestro buque. Como si temiera al *Pequod*, Moby Dick se alejó a gran velocidad hasta perderse de vista, y entonces el remolino que rodeaba a Ahab se hizo más lento y menos profundo. Las dos partes de la lancha rota dejaron de dar vueltas y se fueron a pique, y los demás corrimos a recoger a los náufragos.

Los tripulantes filipinos farfullaban histéricos. En cambio, su jefe, Fedallah, no decía nada. Cuando llegamos al *Pequod*, se limitó a ponerse en cuclillas en la proa y fijar sus ojos en el horizonte para buscar de nuevo a Moby Dick. Ahab, como extasiado,[1] avanzó cojeando hacia el palo mayor, donde brillaba el doblón de oro.

—¡Es mío —dijo—, porque yo la vi antes que nadie! Pero, aunque tengo derecho a él, de momento lo dejaré ahí. Se lo quedará el hombre que aviste a Moby Dick el día en que la matemos. ¡Y ya no falta mucho para eso, muchachos, ya no falta mucho!

Al oír aquellas palabras, Starbuck explotó.

—¿Es que no ha tenido bastante, capitán? —dijo a gritos—. ¿Qué más pueden hacer los ángeles para anunciarle la pesadilla que le espera? Acaba de salvarse de las fauces de ese monstruo y, en lugar de darle gracias a Dios porque le ha perdonado la vida, vuelve usted a las andadas. ¡Déjelo estar, capitán, y no vaya en pos de Moby Dick por tercera vez!

---

1 *extasiado*: embelesado, suspenso.

—¿De veras piensa, Starbuck, que es así como hablarían los dioses si tuvieran algo que decirnos? —respondió Ahab—. ¿Cree que los dioses nos hablarían con augurios?[2] ¿De verdad piensa que los dioses se expresan dándonos empujones e insinuando lo que quieren decirnos, como las chismosas pescaderas de los muelles? ¡Si Dios tiene algo que decirme, que lo escupa con palabras claras! Pero, mientras no lo haga, me encargaré de resolver los asuntos que tengo pendientes con ese demonio blanco de ahí. ¡Vaya a su puesto, Starbuck, y mantenga vigilada a Moby Dick! ¡La perseguiremos hasta que mi arpón se clave en uno de sus ojos y hasta que esté muerta y su sangre flote sobre el mar!

Durante toda aquella noche y el día siguiente, fuimos al acecho de Moby Dick. Buscábamos su estela en el mar, navegando en la dirección por donde la bestia había huido. Desplegamos al máximo todas las velas, así que el *Pequod* saltaba sobre el mar a una velocidad tan gloriosa como temeraria. El casco del barco tamborileaba con el impetuoso choque del agua y el aparejo cantaba con el viento. El cabello nos ondeaba debido a la velocidad y el corazón nos latía más deprisa por lo mucho que vibraba la cubierta. El frenesí de la persecución nos había invadido por completo; nuestros miedos se habían desvanecido, y toda la tripulación era un solo hombre que anhelaba la muerte de Moby Dick. Algunos nos preguntamos si no dejaríamos atrás a la ballena navegando a toda vela. Pero no pasó mucho tiempo antes de que Fedallah gritara desde la cofa:

—¡Moby Dick! ¡Está rompiendo el agua!

En lugar de aparecer a la vista deslizándose suavemente y soltar una cascada perezosa de aliento espumoso, Moby Dick rompió el agua como sólo puede hacerlo un cachalote. Hizo erupción de modo vertical, hasta sacar las aletas fuera del agua, y luego se dejó caer a todo lo largo. La salpicadura fue tan alta como la llamarada de un polvorín que explota, y debió de resultar visible a siete millas de distancia. Pareció como si la tierra se expandiera de pronto para volver a encogerse al instante, y Ahab gritó como un gallo en la mañana:

2 *augurio*: suceso que se interpreta como un anuncio de algo que va a pasar.

—¡Sí, salta al sol por última vez, Moby Dick!

Del *Pequod* salieron rápidamente tres lanchas, que cercaron a la ballena. Parecía que su muerte era inevitable, y que la obsesión de Ahab no sobreviviría a aquel día. Cada una de las lanchas despidió una lluvia de arpones sobre la ballena. Algunos se desviaron, y otros sólo abrieron heridas superficiales, pero enseguida se formó una telaraña de cuerdas en la joroba de la bestia, que comenzó a agitarse por el dolor de los arponazos. Zigzagueó una y otra vez entre las lanchas de remos, arriba y abajo, a un lado y a otro, hasta que las cuerdas se convirtieron en un embrollo de lazos y nudos. Las lanchas eran atraídas más y más hacia el cuerpo de la ballena, que cobró una velocidad furiosa y se precipitó entre las embarcaciones con las fauces abiertas de par en par, tratando de morder algo. Su cola daba enormes latigazos contra el agua, como un hombre que se convulsiona en el paroxismo[3] de su agonía.

La lancha de Flask y la de Stubb, en la que iba yo, fueron arrastradas una contra la otra hasta chocar entre sí. El golpe fue tan fuerte que las dos quedaron destrozadas, y caímos al agua, donde comenzamos a gritar hasta que el pavor nos dejó sin habla. Ahora éramos nosotros quienes temíamos a las estachas: teníamos miedo de que nos estrangulasen.

Yo nadaba con mucho cuidado, sin apresurarme para ir en busca del pecio[4] más cercano, ni sacudir las piernas para alejarme del lugar. Aquellas aguas estaban infestadas de tiburones, así que convenía evitar los movimientos bruscos para no llamar la atención de aquellas fieras. Extendíamos los brazos por encima del agua, mirando a nuestro alrededor en busca de Moby Dick, pero nos manteníamos casi inmóviles, con los rostros pálidos de miedo, esperando en el agua la muerte o el rescate.

La gran ballena blanca había desaparecido como un fantasma en el fondo del agua. ¿Hasta qué profundidad podría sumergirse Moby Dick arrastrando consigo tanto arpón, tanta cuerda y tantos restos de lanchas? Enseguida averiguamos que no se había hundido mucho, pues volvió a

---

3 *paroxismo*: momento de mayor gravedad.
4 *pecio*: fragmento de un barco que ha naufragado.

emerger bajo la lancha de Ahab. Fue como si un monolito de piedra blanca hubiera salido de pronto de las olas con una lancha destrozada en su cima, mientras unos cuantos hombres se desplomaban por sus costados como trozos de musgo.

Asombrada tal vez por su propia violencia, Moby Dick se alejó un tanto de la lancha destrozada y miró con uno de sus negros ojos los estragos que había causado. Cada vez que un fragmento de lancha, un remo o una tabla le rozaba el costado, sacudía las aletas con tanta fuerza que provocaba una tremenda explosión de espuma y restos de madera. Después se alejó nadando poco a poco, sonriendo burlonamente con su torcida mandíbula y arrastrando las cuerdas de los arpones clavados en su joroba, como si fueran una larga melena de mujer.

Lo mismo que la primera vez, el *Pequod* se acercó para el salvamento tras haber contemplado la victoria de Moby Dick. Para mi fortuna, fui uno de los primeros en ser rescatado, pero me angustiaba pensar cuántos de mis compañeros habrían muerto. «¡Quiqueg! ¿Dónde está Quiqueg?», me dije. Estaba vivo. «¡Stubb! ¿Dónde está Stubb?». Había salido ileso. «¡Flask! ¿Dónde está Flask…?». «¿Y dónde están Tashtego y Tahití?». Todos habían sido rescatados, todos se hallaban a salvo de los tiburones y de la vengativa ballena blanca. Pero ¿y Ahab?, ¿dónde estaba Ahab?

Seguía con vida: Starbuck estaba ayudándole a subir a cubierta por un costado del *Pequod*. Los dos hombres se mantuvieron uno junto al otro; Ahab rodeaba con un brazo el cuello de Starbuck, tirando de su cabeza hacia abajo, mientras que Starbuck cogía a Ahab por la cintura. No podía soltarlo, porque al capitán se le había roto la pierna de marfil, que había quedado reducida a una corta astilla.

—Con el trabajo que me costó fabricar esa pata… —susurró el carpintero.

—Deme ese arpón, lo usaré como bastón —dijo Ahab, con el rostro ceniciento a causa del dolor.

Y, apoyándose en el arpón, se dirigió dando tumbos hacia su asiento.

—Estad atentos, muchachos, aún está por decidir de quién será ese doblón —dijo entonces, con tono tan sereno como si la lucha contra

Moby Dick hubiera sido un mero contratiempo en un día bien ordenado—. Hoy es el segundo día. El tercero volverá a aparecer. Y ése es el día en que morirá: está escrito en mi corazón y en mi conciencia. ¿Quién será el primero que la vea mañana?

De pronto paseó la vista alrededor, calculando el número de hombres reunidos en aquella cubierta descolorida por el sol.

—¿Dónde está Fedallah? —preguntó.

Nos miramos unos a otros, empapados como estábamos, pero, a causa del agotamiento, nadie se movió de su lugar.

—¡Encontradle! —gritó Ahab, con un graznido de puro terror—. ¡Mirad abajo! ¡Arriad una lancha! ¡Buscad por todas partes, pero encontradle!

No dimos con él.

—Se habrá enredado en las cuerdas y la ballena lo habrá arrastrado al fondo del mar —concluyó Stubb, incapaz de simular disgusto o pena.

Ciertamente, de todos los hombres que habían desaparecido aquel día, Fedallah era el único al que no íbamos a añorar. No creo que ni siquiera la tripulación de su propia lancha lamentara su pérdida.

Ahab, en cambio, estaba inconsolable, y maldecía con furia a la ballena que había ahogado a su escuálido augur,[5] tan poco sonriente y tan impío. Ahab podía prescindir del cuadrante, de la brújula y del cuaderno de bitácora, pero no del profeta de su alma.

Entonces recordé la noche que habíamos pasado amarrados al costado de la ballena muerta y comprendí con claridad por qué Ahab se mostraba tan desolado. «Al final, iré por delante de usted, para ser su piloto», le había dicho Fedallah. Y ahora Fedallah se había ido: se había ido por delante entre las cuerdas enredadas de la ballena blanca. El muy traidor se había pasado al enemigo, y ahora formaba parte del séquito de Moby Dick.

---

5 *escuálido*: esquelético; *augur*: adivino.

Y al tercer día regresó

Aquel día el mar estaba tan tranquilo como una glorieta poblada de ángeles. Hacía un tiempo inmejorable, las olas parecían el techo de lapislázuli[1] de un palacio de sirenas y los rayos del sol martilleaban un delicado pan de oro.[2] Nunca había visto un día más hermoso en toda mi vida… Y nunca habría un día más terrible.

El *Pequod* daba saltos por encima del agua, tan ansioso como si hubiera decidido llegar en unas pocas horas al fin del mundo.

—¡Al tercer día saldrá a flote! —gritó Ahab desde su cofa.

En aquel paraíso de turquesas y ligeras nubes empujadas por el viento, sólo pude pensar que había sido Cristo quien había resucitado al tercer día, y no el Demonio. De Moby Dick, en cualquier caso, no había ni rastro. Aunque Ahab escudriñaba el océano sin ni siquiera pestañear, no veía ninguna ballena, así que al cabo su impaciencia se convirtió en furia. De pronto, hacia mediodía, comprendió su error:

—¡Las estachas y los arpones le hacen ir más despacio! —dijo riendo.

Entonces, separando mucho sus grandes brazos, nos explicó, como un padre a sus pequeños hijos:

---

1 *lapislázuli*: piedra preciosa de color azul intenso.
2 *pan de oro*: lámina muy fina que se consigue *batiendo* el oro, es decir, aplastándolo a base de golpes. Ismael alude metafóricamente a la dorada superficie del mar.

—¡La maraña de cuerdas que remolca hace que vaya más despacio! ¡La hemos adelantado durante la noche y ahora es ella quien nos persigue!

Cuarenta años de navegación habían enseñado a Ahab a pensar como una ballena. De modo que viramos en redondo para buscar a Moby Dick y volvimos a recorrer con rumbo opuesto las millas hechas durante la mañana.

—Ese viejo loco tiene prisa por caer en las fauces de esa ballena —murmuró Starbuck, ya sin preocuparse de si le oían o no.

En lo alto, Ahab había recuperado su terrible expresión de placer. Se sentía inmortal una vez más, entronizado en su asiento de vigía, mientras recorría el océano con la vista como si fuera el dueño de los siete mares.

El tiempo contuvo la respiración. Todos los miembros de la tripulación colgaban del aparejo como moscas en la tela de araña tendida por Ahab.

—¡Allí! —bramó la voz del capitán, y pronto todos los vigías de estribor[3] gritaban con él, pues a lo lejos asomaba un bloque blanco como un iceberg.

Al oír el grito de los vigías, Starbuck alzó la vista, y sus negros ojos brillaron.

—¿Mi colina? ¿Es que no veis mi colina? ¿Y a Mary, no la veis? ¿Tiene al niño en brazos? ¿Saluda mi hijo con la mano?

Después, la fantasía se desvaneció y en el rostro de Starbuck no quedó más que el horror.

También yo noté las piernas poco firmes a causa del miedo, aunque mi corazón estaba lleno de expectación. Ahab ya no veía nada ni a nadie más que a Moby Dick: cuando le arriábamos de las alturas, estaba ya sumido en una conversación con aquel demonio blanco que tanto lo atormentaba.

—¡Desde el primer día del mundo el destino nos había elegido para que nos encontrásemos tú y yo! Esta batalla entre nosotros está escrita desde el principio de los tiempos. ¡Ha llegado tu hora, Moby Dick!

---

3 *estribor*: parte derecha de una embarcación.

Cuando su único pie tocó la cubierta, Ahab tropezó, pero Starbuck le sostuvo.

—¡Al tercer día, Starbuck, se lo dije! ¡Me voy a matar a esa ballena, y dejo el barco a su cargo hasta que yo vuelva!

—¡Capitán, capitán, no vaya!

—Ya está decidido, Starbuck. Algunos barcos zarpan de sus puertos y luego desaparecen para siempre. Hay hombres que mueren en la pleamar[4] y otros al bajar la marea. Soy un hombre viejo, Starbuck. Démonos la mano y separémonos como amigos.

Los ojos de Ahab y los de Starbuck se encontraron frente a frente mientras los dos hombres se estrechaban la mano.

—¡Ay, mi capitán, no vaya! —dijo Starbuck mientras sollozaba, sin soltar la mano de Ahab—. Sé que tiene usted un corazón noble. ¡No vaya!

Yo me volví y abracé a Quiqueg. Estaba a punto de embarcarme en el bote de Ahab, quien iba a ser el único arponero a bordo, y mi amigo se quedaba en la nave nodriza debido a la escasez de lanchas.

—¡Arriad! —gruñó Ahab a la súplica de Starbuck; y la única lancha de remos que quedaba entera bajó por el costado del *Pequod*.

Cuando pasamos por delante de la portilla[5] de la cabina de Ahab, vimos a Pip, con su negra cara y sus ojos saltones, mirando hacia afuera.

—¡Oh, amo, acuérdese de los tiburones! —decía—. ¡No vaya, señor! ¡No me deje! ¡No vaya entre los tiburones!

Pues había tiburones. Mordían las palas de nuestros remos cuando remábamos y golpeaban los costados de la lancha reclamando atención, pero Ahab no les hizo caso, pues Fedallah había profetizado que sólo una soga de cáñamo podía matar a nuestro capitán, no un tiburón ni una bala disparada por la tripulación.

Mientras remábamos hacia Moby Dick, tanto en el *Pequod* como en nuestra lancha cundió el silencio. Todo el mundo esperaba con miedo y expectación el regreso de la ballena blanca.

---

4 *pleamar*: momento en que la marea está más alta.
5 *portilla*: pequeña ventana situada en un lateral del buque.

Por fin, el agua que rodeaba la lancha se alzó en un círculo como si el mar estuviera a punto de hervir. Un zumbido ascendió desde el fondo del océano, y entonces todos contuvimos el aliento. Un instante después, surgió Moby Dick.

Emergió del océano oblicuamente, como un proyectil. Era una gran masa de mármol envuelta en un arco iris de espuma, y llevaba a remolque una infinidad de cables y arpones. Se deslizó junto a nosotros, ondeó la cola y la dejó caer en el centro de la lancha. Un costado quedó destrozado, por lo que nos hundimos en el agua hasta las rodillas. Usando los arpones como martillos, intentamos volver a clavar las tablas rotas en su sitio. Pero la ballena volvió a pasar junto a nosotros, y fue entonces cuando Ahab distinguió a su piloto, su escolta, su guía. Fedallah no lo había abandonado: atado con varias cuerdas al lomo de la ballena, asomó con el cuerpo medio destrozado, su túnica hecha jirones y los ojos abiertos de par en par. Uno de sus brazos colgaba libre de las cuerdas enredadas y, cuando la ballena salía del agua, la mano del profeta subía y bajaba como si hiciera señas. Al ver a su profeta, Ahab gritó:

—Ya te veo, Fedallah. Ahí estás, como me prometiste. Sí, tú vas por delante, y ése es el coche fúnebre del que me hablaste.

La imagen era tan espantosa que todos en la lancha nos pusimos de pie, como si estuviéramos en tierra firme y nos levantáramos para escapar corriendo. Pero Ahab blandió su arpón hacia nosotros y clamó:

—¡A sentarse! ¡Si alguno de vosotros salta de esta lancha, juro que lo atravesaré con mi arpón! ¡Así que remad, malditos! ¡Remad! No sois más que mis brazos y mis piernas, de modo que ¡obedecedme!

Movimos los remos, pero la lancha apenas avanzó, pues los tiburones habían mordido las palas casi por completo y ya no servían. Sin embargo, no teníamos que esforzarnos para acercarnos a la ballena, pues Moby Dick venía hacia nosotros. Mientras abría su enorme boca, volvió a mirar a Ahab de arriba abajo con su ojo negro.

—¡El coche fúnebre, el coche fúnebre! —le oí decir a nuestro capitán al ver que su recurrente pesadilla avanzaba hacia él, con la boca muy abierta.

La cabeza de Fedallah se balanceaba y su boca parecía decir: «¡Venid aquí, venid al lado de la muerte!».

Ahab tiró de sí mismo y se puso de pie, encajando la rodilla en la borda de la lancha.

—Dadme todas las lanzas —dijo, pero lo dijo en un susurro, como si temiera que la ballena pudiera oírle y entenderle.

No logró discernir por qué razón la ballena, con toda su carga de sabiduría, esperó allí. «Sólo es una bestia estúpida», me dije, pero no me lo creí. Blanca y llena de surcos, Moby Dick parecía un cerebro arrancado de un cráneo enorme, un cerebro lo suficientemente grande para pertenecer a Dios. ¿Era, pues, aquel dios surgido al tercer día puro cerebro, puro intelecto, pura astucia, pura venganza?

Ahab nos hizo remar tan cerca de Moby Dick que el aliento que salía de su respiradero nos envolvió como una niebla. Yo no veía nada; tenía las pestañas selladas por la espuma. Pero, aun sin ver, sabía que si estiraba la mano entre aquella bruma podría tocar a la ballena, tan cerca estaba.

Ahab lanzó un arpón. Moby Dick se retorció de dolor y estremeció el mar. La lancha vibró con aquella convulsión como si también ella hubiera recibido una herida mortal. Llena de rabia, la ballena dejó caer sus aletas sobre la lancha como un martillo sobre una cáscara de huevo, y yo salí disparado hacia arriba y hacia atrás, hasta caer muy lejos del bote, que se alejó a todo trapo, con las velas hinchadas. Sentí un miedo atroz, pues sabía que estaba solo en mitad del océano. Pensé en los tiburones, pero seguí mirando hacia Moby Dick, como hechizado por su presencia. Ante mí se representaba el drama de la ballena, y no podía perdérmelo.

La herida del arpón era profunda. Aunque la estacha se había atascado y era preciso cortarla, el arpón se había adentrado varios palmos en la ballena. Moby Dick apartó la cara, como si no pudiera soportar aquella ofensa, y luego se perdió de vista.

Ahab se agarraba a la proa y miraba fijamente el agua mientras los demás hombres trabajaban con frenesí para mantener la lancha a flote, achicando agua y metiendo todo tipo de bultos en la brecha de la base: chaquetones, lonas, maderas, rollos de cuerda... Ahab miraba con tanta atención hacia las profundidades del océano que no se dio cuenta de que Moby Dick regresaba con furia. Fue Tahití quien gritó:

—¡El barco! ¡El barco!

Nadando en círculo, la ballena se había dirigido hasta el costado más alejado del *Pequod*. Como si fuera un ser humano y no un animal, iba a emprender un acto deliberado de venganza. Sabía que el *Pequod* era la fuente de todas sus desgracias, y estaba dispuesta a hundirlo. Tal vez le parecía un enemigo mayor, y por tanto más noble, que nuestra pobre lancha.

—¡Remad hasta que os reviente el corazón! —gritó entonces Ahab—. ¿O es que no queréis salvar mi barco?

Allí estaba el coche fúnebre de sus pesadillas: su propio barco era el coche fúnebre con el que había soñado. La agujereada lancha de remos avanzó tan deprisa como pudo, volviendo hacia el *Pequod*, mientras por el otro lado una gigantesca ballena blanca acometía a la nave a la vez que chascaba las mandíbulas.

Vi a Tashtego en el palo mayor, clavando una nueva bandera. Lo vi seguir el avance de la ballena desde su elevada atalaya,[5] darse cuenta de las intenciones de Moby Dick y gritar a los hombres de abajo. Algunos corrieron hacia la barandilla, pero se apartaron al instante, como si no hubiera un sitio peor en todo el mundo. Sólo Tashtego permanecía extrañamente tranquilo, clavando el rojo pabellón,[6] que se le enredó en el cuerpo como un sudario.[7]

Moby Dick acometió al *Pequod* por debajo de la línea de flotación.

—¡La ballena, la ballena! —gritaron todos.

Al instante, el mar irrumpió en las entrañas del barco con un estruendo semejante al de una catarata de montaña. Después hubo un silencio mientras el *Pequod* se llenaba de agua, y la ballena se mantuvo quieta. Incluso las olas se hicieron más y más tranquilas, y pude oír con claridad el ruido del martillo de Tashtego y la voz de Starbuck:

---

5 *atalaya*: espacio elevado desde donde se obtiene una visión amplia de un lugar.

6 *pabellón*: bandera.

7 *sudario*: paño en que se envuelve un cadáver.

—¡Mira tu obra, Ahab: esto es lo que has logrado! ¡Que Dios me ayude, porque no voy a eludir el peligro! ¡Starbuck no morirá desmayado como una mujer!

Stubb se quitó rápidamente las botas y el chaquetón, a sabiendas de que iban a convertirse en un peso muerto cuando cayera al mar.

—¡Veo que me sonríes, ballena! —vociferó Stubb, con una risa que le partía el corazón—. Que Stubb muera en calzoncillos, si debe ser así… ¡No soy orgulloso!

Moby Dick avanzó bajo la quilla agujereada y volvió a emerger en el estrecho espacio que quedaba entre el *Pequod* y la lancha ballenera. Otra vez se mantuvo inmóvil, como a la espera de algo. Sonreía con su maliciosa mandíbula y miraba a Ahab con su penetrante ojo negro, deseosa de saber qué haría nuestro capitán al darse cuenta de su derrota.

De hecho, Ahab atraía todas las miradas. De pie en la proa de la escorada lancha, como un predicador en el púlpito, batido por los vientos y lleno de cicatrices y, sin embargo, con la cabeza alta y desafiante, comenzó a soltarle una prédica a la ballena:

—¡El *Pequod* se va a pique lleno de gloria, pues no ha sido vencido, maldita ballena! ¿Lo ves? ¡Ni un mástil partido! Barco glorioso, ¿de veras vamos a morir separados tú y yo? A fe que no hay nada más triste en el mundo que un barco sin capitán y un capitán sin barco. Pero sea… Una muerte en soledad tras una vida en soledad, eso es todo lo que significa. Muy bien. Apartaré mi cuerpo del sol.

Pero la voz de Ahab no sonaba en absoluto resignada. La rabia hervía en su interior como el mar en las entrañas del *Pequod*. Ahab sopesó el arpón en la palma de la mano y sus labios se tensaron mientras los párpados mostraban la pasión de sus ojos.

—Voy a por ti, Moby Dick. ¡Puedes terminar conmigo, pero nunca me vencerás! ¡Puedes mandarme al infierno, pero incluso desde el mismo corazón del infierno me estiraré para atravesarte! ¡El odio permite que te eche mi último aliento! ¡Así es como te entrego mi lanza!

Su arpón voló con tanta fuerza que se hundió en la ballena como una flecha lanzada por una ballesta. La ballena se estremeció y salió dispara-

da, así que la estacha empezó a soltarse
vuelta tras vuelta por la abertura de la regala.[8]
De pronto, un nudo se atascó en la ranura y la cuerda
se puso tensa, con lo que la ballena que escapaba empezó a
llevar la lancha a remolque. Los objetos que rellenaban la brecha
abierta en el fondo del bote se desprendieron. Ahab se agachó para liberar la estacha, y entonces una vuelta de cuerda le agarró el cuello, levantó
su cuerpo por completo y lo lanzó hacia el mar por encima de la proa.
Ahab no dijo una sola palabra, no soltó un solo grito, sino que cayó en
silencio en la estela de la ballena. Se soltaron todos los metros de la cuerda de cáñamo sin que Moby Dick aminorara la marcha. El gancho metá-
lico que debería haber sujetado el extremo de la cuerda a la quilla se soltó
sin más, arrancado por la fuerza de Moby Dick.

Los escasos supervivientes se quedaron mirando el último golpe de tea-
tro del triunfador Ahab, que se hundía en lo más hondo del océano. Luego se volvieron para mirar hacia el *Pequod*, pero el *Pequod* ya no estaba. Sobre la superficie del mar sólo asomaban sus tres mástiles, que parecían las

---

8 *regala*: tablón que forma el borde de una embarcación.

tres cruces del Gólgota el día en que crucificaron a Cristo. En el palo mayor, Tashtego seguía golpeando la madera con el martillo, para dejar bien clavado el pabellón en su sitio. Aquellos movimientos del martillo fueron lo último que se vio del buque cuando el *Pequod* se perdió bajo las olas.

Cuando un barco se hunde, la succión es tan grande que se traga una porción de océano y se la lleva retorciéndose a su tumba. El remolino provocado por el hundimiento del *Pequod* arrastró hacia el fondo del mar a la última lancha que quedaba a flote. El grupo de hombres que estaba de pie en ella desapareció, como un ramo de flores que se tira a una tumba. Después, el mar siguió meciéndose como lo había hecho desde hacía cinco mil años.[9]

El remolino también me arrastró a mí. Me llevó más y más cerca de su agitado centro, y me deslicé sobre la superficie del mar como Ulises cuando Caribdis trataba de absorberlo.[10] Me pareció como si hubiera pasado una eternidad a bordo del hundido *Pequod*. Pero, al cabo, el remolino dejó de girar, y el mar se calmó. Con inesperado ímpetu, algo blanco surgió debajo de mí y me golpeó al saltar oblicuamente fuera del agua.

No, no era Moby Dick, ni tampoco un tiburón tigre acercándose para darme muerte. Era el ataúd de Quiqueg, descolorido por el sol hasta parecer blanco. Como estaba cerrado con clavos, el aire había quedado atrapado en su interior y así se había convertido en un salvavidas, escupido por el barco moribundo. Aunque con gran dificultad, logré alcanzarlo a nado y trepar sobre él, y así me alejé flotando de mis compañeros, de mi barco, de la latitud en que Ahab había librado su última batalla contra Moby Dick.

Durante dos días, los tiburones mantuvieron sus bocas cerradas y los halcones marinos no se acercaron a mi cuerpo con sus picos rojos como la sangre. Yo era el único superviviente de la tragedia, y flotaba en el ataúd

---

9 Hasta el siglo XIX se creyó que la Tierra se había creado el año 4004 a.C.

10 Caribdis era un monstruo marino que vivía a orillas del estrecho de Mesina, junto a la isla de Sicilia, y que tragaba enormes cantidades de agua de mar con todo lo que hubiera en ella. En la *Odisea* se cuenta que Ulises pasó junto a Caribdis dos veces, y en ambas ocasiones logró evitar que el monstruo lo absorbiese.

de Quiqueg como si los dioses se hubieran olvidado de mí al dar muerte a la tripulación del *Pequod*. Incluso podía oír, como si viniera desde el otro lado de la tapa del ataúd, la tranquila y calmada voz de Quiqueg:

—Morir otro día, morir otro día…

Luego, una desgastada vela asomó en el horizonte y un buque de alto casco vino hacia mí balanceándose hacia los lados. Sus cofas estaban llenas de vigías, que parecían bayas en un árbol sin hojas. Sobre el palo mayor ondeaba la bandera norteamericana. Me asombró que aquellos hombres gritaran al verme, llenos de excitación. ¿Tanto me querían que habían salido a buscarme? Por supuesto, no era a mí a quien buscaban: yo fui para ellos una amarga desilusión, aunque me subieron a bordo y me trataron con cristiana hospitalidad. No, ciertamente no era a mí a quien buscaba el *Rachel*, que retrocedía en busca de sus hijos perdidos, pero era evidente que aquel barco de rumbo errante había encontrado en mí un nuevo huérfano.

Epílogo

Gracias al *Rachel* hoy puedo contarlo. Ahora vivo tierra adentro. Hay una ballena allá en el mar, tan blanca como un fantasma, y prefiero no pensar en ella. Se me aparece en las noches de invierno, cuando el cielo se agita como un enorme mar de olas grises y mi cama no proporciona más comodidad que la tapa de un ataúd. Entonces pienso que en algún lugar de los océanos vive una ballena blanca como un paisaje de invierno, y tiemblo al pensar en ella.

Una vez vi a una mujer parada de pie en lo alto de una colina con un niño pequeño en brazos: miraba el mar con ansiedad. No hablamos. ¿Qué podría haberle dicho? Además, hay muchas mujeres como aquélla, y muchas colinas en el mundo desde donde otear el horizonte marino.

Ahora vivo tierra adentro, lejos de barcos y amistades, tan lejos del pasado como me permiten los recuerdos, lejos de la vista y del sonido del mar y de los terribles animales que con todo derecho alberga.

ACTIVIDADES

1
GUÍA DE LECTURA

1.1 En el capítulo «**El arponero tatuado**», el narrador de la obra se presenta a sí mismo, describe los motivos por los que se enroló en un barco ballenero y relata los orígenes de su entrañable amistad con el exótico Quiqueg.

a) ¿Por qué decide Ismael embarcarse en un barco ballenero? (p. 36) ¿Cómo reacciona la primera vez que ve a Quiqueg y qué prejuicios determinan su reacción? (pp. 40-42) Sin embargo, ¿cómo es Quiqueg en realidad? (p. 44)

Tras llegar a Nantucket, Ismael y Quiqueg deciden enrolarse en el *Pequod*, un curioso barco capitaneado por un enigmático personaje que responde al nombre bíblico de Ahab.

b) ¿Qué tiene el *Pequod* de singular? (p. 46)

c) ¿Qué es lo primero que se nos dice de Ahab? (p. 49) ¿Qué connotaciones tiene el nombre del capitán? (p. 52)

La aventura que va a vivir Ismael a bordo del *Pequod* está marcada desde el principio por los **malos presagios**. Es muy significativo, por ejemplo, lo que piensa el narrador cuando visita la capilla del padre Mapple.

d) ¿Qué temor asalta a Ismael en ese momento? (p. 45) ¿Qué otros malos presagios agrega el siniestro Elías? (p. 52)

1.2 El *Pequod* emprende su infausta navegación al principio del capítulo «**El doblón de oro**». Ismael empieza a conocer a la tripulación del barco, en la que destacan personajes como Starbuck, Bildad, Tashtego y Daggoo.

a) ¿Cuáles son las principales virtudes de Starbuck? (p. 54) ¿Y el defecto más evidente de Bildad? (p. 54) ¿Por qué Ismael llama "bárbaros" a Tashtego y Daggoo? ¿Qué forma de pensar revela ese calificativo?

Tras pasarse tres semanas oculto, Ahab revela el motivo que le induce a emprender el viaje con el *Pequod*: cazar a una temible ballena blanca.

b) ¿Qué recompensa promete Ahab al primero que la aviste? (p. 57) ¿Por qué tiene el capitán tantos deseos de matar a Moby Dick?

c) ¿Cómo reacciona la marinería al conocer las verdaderas intenciones de Ahab? (p. 58) En cambio, ¿qué actitud muestra Starbuck? (p. 58) ¿Quién resulta vencedor en el "duelo" que mantienen acto seguido el capitán y su primer oficial? (p. 60)

Tras avistar la primera ballena, los tripulantes del *Pequod* arrían las lanchas y salen en persecución del cetáceo.

d) ¿Qué aparición inesperada se produce entonces en el barco y qué "profecía" se cumple con esa aparición? (pp. 67-68) ¿Cuál es la misión para la que han sido contratados los "demonios" de Ahab? (p. 76)

En su primera salida a bordo de una lancha, Ismael se enfrenta por primera vez a la peligrosa realidad de la caza de ballenas.

e) ¿Cómo se siente Ismael en esa primera salida? (p. 70) En cambio, ¿qué sensación le embarga al final del episodio y por qué? (pp. 72-73) Cuando cae la noche, ¿en qué inquietante situación queda el bote comandado por Starbuck? (p. 73)

1.3 La primera parte del capítulo «**El Kraken**» nos ofrece nuevos datos sobre algunos de los miembros de la abigarrada tripulación del *Pequod*, como Fedallah, Ahab y Starbuck.

a) ¿Qué prodigiosa facultad tiene Fedallah? (p. 77) ¿Cómo definirías la influencia que el filipino ejerce sobre Ahab? (p. 78) ¿Cómo afectan a

Starbuck las obsesiones de su capitán? (pp. 78-80) ¿Cuál es la principal razón por la que Starbuck desea volver a casa? (pp. 82-83)

Al sudeste del cabo de Hornos, el *Pequod* se cruza con otro ballenero, el *Albatros*, con el que Ahab se pone en contacto.

b) A juzgar por las palabras con que se despide del *Albatros*, ¿hasta dónde está dispuesto a llegar Ahab en su persecución de Moby Dick? (p. 82)

Cuando Daggoo cree avistar a la ballena blanca, el capitán Ahab arría una lancha a la que se incorpora el propio Ismael.

c) Pero ¿qué hallan en vez de la ballena? (pp. 85-86) ¿Cómo reacciona Ahab al percatarse de que no han encontrado a Moby Dick? (p. 86)

El *Pequod* se cruza con el ballenero *Samuel Enderby*, con cuyo capitán mantiene Ahab una conversación que acaba de forma muy tensa.

d) ¿Qué tienen en común Ahab y el capitán del *Samuel Enderby*? (pp. 87-88) Sin embargo, ¿en qué difieren radicalmente? (pp. 88-89)

1.4 En «**Pip al agua**» se nos explica la peripecia de un muchacho negro que viaja a bordo del *Pequod* a modo de grumete. En un primer momento, la ocupación principal de Pip consiste en ayudar al cocinero del barco, pero cierto día se ve obligado a incorporarse a la caza de ballenas.

a) Antes de ese cambio de ocupación, ¿cuáles son los rasgos más destacados del carácter de Pip? (pp. 92-93)

b) ¿Qué error comete Pip la segunda vez que sale a cazar ballenas? (p. 98) ¿Qué dilema afronta entonces Stubb y qué decisión toma, casi a su pesar? (p. 98)

El carácter de Pip cambia de forma radical a raíz de una experiencia traumática: durante una jornada de caza, el muchacho está a punto de perecer ahogado. A última hora, es rescatado por Ahab, y desde ese momento Pip adopta una llamativa actitud frente al capitán del *Pequod*.

c) ¿Cómo trata Pip a Ahab y con quién lo identifica? (pp. 100-102) ¿Por qué se enfada Starbuck con el grumete? (p. 102)

En este mismo capítulo, Fedallah avista por vez primera a Moby Dick, con lo que se inicia la persecución de la ballena blanca, que será el único objetivo del *Pequod* a partir de ese momento.

d) ¿Cómo reacciona Ahab ante el aviso de su vigía? (pp. 93-95) Sin embargo, ¿de qué manera concluye el episodio? (p. 95) Más allá de matar a Moby Dick, ¿qué es lo que parece ambicionar Ahab? (p. 96)

1.5 En «**Ámbar gris**» se relatan dos episodios en que el interés económico de los oficiales del *Pequod* choca con los planes de venganza de Ahab. Stubb engaña al capitán de un barco francés llamado *Bouton de Rose*, y más tarde se producen fugas en los barriles de aceite almacenados en el *Pequod*.

a) ¿Cómo engaña Stubb al capitán del *Bouton de Rose* y qué beneficio espera obtener con su ardid? (pp. 107-112) Sin embargo, ¿qué frustración remata el episodio por culpa de la impaciencia de Ahab? (p. 113)

b) Cuando los barriles empiezan a perder aceite, ¿por qué discute Starbuck con su capitán? (pp. 114-115) ¿Qué decisión toma Ahab y cómo se explica Ismael tan inesperado cambio de opinión? (pp. 116-118)

1.6 En el capítulo «**La canoa de Quiqueg**», el querido amigo de Ismael cae enfermo de repente. Convencido de que su destino es morir en alta mar, Quiqueg prepara su viaje al otro mundo.

a) ¿Por qué cae Quiqueg enfermo y llama al carpintero? (pp. 119-120) ¿Cómo definirías la actitud del arponero indígena frente a la muerte? ¿Qué asombrosa determinación toma cuando su adiós parece definitivo? ¿Qué motivo aduce para tomar esa decisión? (p. 122)

Al adentrarse el *Pequod* en el mar del Japón, Ahab se muestra más exaltado que nunca, pues cree que está a punto de encontrar a Moby Dick. Manda entonces confeccionar un arpón especial, sufre aciagas pesadillas y se encoleriza al ver lo mucho que tarda en aparecer su mortal enemiga.

b) ¿Con qué fórmula bautiza Ahab a su arpón y qué nos dice esa fórmula acerca del capitán? (p. 123)

c) ¿Qué pesadilla sufre Ahab y qué le vaticina Fedallah? (p. 124) ¿Qué conclusiones extrae el capitán de esas profecías? (p. 124)

d) ¿Qué disparate llega a cometer Ahab durante un arrebato de cólera? (p. 126) ¿Qué consecuencias puede tener ese desatino en la navegación del *Pequod*? (p. 126) ¿Es, pues, Ahab un capitán responsable?

1.7 El capítulo «**Malos presagios**» se inicia con la descripción de un tifón que incendia los mástiles del *Pequod*. Durante el incidente, Ahab mantiene una curiosa actitud que resulta muy reveladora de su modo de ser.

a) ¿Qué hace Ahab al ver los mástiles ardiendo? (pp. 130-131) ¿Cómo interpreta Starbuck la tormenta? (pp. 131-132) ¿Acepta Ahab la interpretación de Starbuck? (p. 132)

Tras el paso del tifón, Starbuck parece más consciente que nunca de que la obsesión de Ahab por Moby Dick puede resultar catastrófica para la tripulación del *Pequod*. Al ver que el capitán duerme en su cabina,

b) ¿Qué dilema se plantea Starbuck y qué decisión toma? (pp. 133-135)

Al día siguiente, mientras el *Pequod* navega entre unos islotes rocosos, la tripulación oye un abrumador sollozo procedente del mar.

c) ¿De qué modo interpretan respectivamente ese ruido Stubb, el hombre de Man y Ahab? (p. 136) ¿Y Pip? (pp. 136-137) ¿Qué reflexión suscita en Ahab la locura del muchacho negro? (p. 138)

En «**El infortunado *Rachel***», el *Pequod* se cruza con un barco procedente de Nantucket. Se trata del *Rachel*, cuyo capitán se apellida Gardiner y ofrece la apariencia de un hombre desesperado.

d) ¿A qué se debe la angustia del capitán del *Rachel*? (pp. 140-141) ¿Qué le pide Gardiner al capitán del *Pequod* y qué respuesta obtiene? (p. 141) Ante la irrevocable decisión de Ahab, ¿cómo reacciona la tripulación del *Pequod*? (p. 142)

Tras el encuentro con el *Rachel*, el *Pequod* se interna en los mares donde Ahab perdió su pierna. Durante la travesía, Ahab se confiesa con Starbuck.

183

e) ¿Cómo se siente el capitán? (p. 146) ¿Se arrepiente de la vida que ha llevado? ¿Qué esperanza surge entonces en el ánimo de Starbuck y por qué se desvanece esa esperanza? (pp. 146-147)

1.8 En el capítulo «**Moby Dick**», Ahab se reencuentra por fin con la ballena blanca que tanto le atormenta. El capitán trata de darle caza en dos ocasiones, y durante el segundo intento desaparece Fedallah.

a) ¿Qué sucede con la lancha de Ahab en los dos enfrentamientos? ¿Qué argumentos utiliza el oficial Starbuck para intentar convencer a Ahab de que deje de perseguir a la temible ballena blanca? (p. 154)

b) ¿Cómo reacciona Ahab al saber de la desaparición de Fedallah y a qué se debe esa reacción tan extremada? (p. 160)

En el último capítulo («**Y al tercer día regresó**») se entabla una larga lucha entre la ballena y los hombres, de la que sale vencedora Moby Dick.

c) ¿Cómo reaccionan Starbuck y Pip al ver zarpar a Ahab? (p. 163) ¿Con quién se reencuentra el capitán cuando la ballena ataca su lancha? (p. 164) ¿Qué le sucede a Ismael durante el "combate"? (p. 168) ¿Cómo se venga Moby Dick del arponazo que recibe? (p. 169)

d) ¿Qué final tiene Ahab? (p. 171) ¿Y el *Pequod*? (p. 172) ¿Cómo se salva Ismael de la muerte? (p. 172) ¿Quién lo rescata? (p. 173)

1.9 La adaptación de *Moby Dick* compuesta por Geraldine McCaughrean concluye con un **epílogo** en el que Ismael describe brevemente su vida tras la traumática experiencia vivida en el *Pequod*.

a) ¿Crees que esa experiencia ha dejado secuelas en la forma de ser de Ismael? (p. 174)

Ismael cierra su relato aludiendo a cierto día en que vio a una mujer que oteaba el mar desde una colina. Aunque el narrador no la identifica explícitamente,

b) ¿Quién deducimos que es esa mujer? (p. 175)

2
PERSONAJES Y TEMAS

2.1 La historia de *Moby Dick* es narrada por **Ismael**, quien decide probar suerte en un oficio tan fascinante como peligroso: la caza de ballenas. Ismael resulta un personaje algo enigmático, pues revela pocas cosas sobre sí mismo. Sabemos que es maestro y que ha viajado en un barco mercante, pero ignoramos, por ejemplo, cuál es su nombre auténtico.

a) ¿De dónde procede el nombre de Ismael y qué significa? ¿Por qué lo elige el narrador para sí mismo? (p. 36) ¿Qué nos dice, pues, ese nombre acerca de quien lo lleva?

Al principio de la novela, Ismael es un muchacho algo ingenuo, cargado de prejuicios y sin criterio propio. Las experiencias que vive desde que decide probar la caza de las ballenas, sin embargo, le hacen madurar aprisa y transforman radicalmente su visión de las cosas. Ismael se deshace, por ejemplo, de sus prejuicios raciales.

b) ¿En qué sentido su amistad con Quiqueg hace a Ismael ver el mundo de otra forma? ¿Qué descubre Ismael a través de su amistad con Quiqueg?

Ismael es el único miembro de la tripulación del *Pequod* que sobrevive al naufragio del barco.

d) ¿De qué modo simbólico consigue salir con vida del naufragio? ¿Por qué crees que Melville le salva la vida?

2.2 El personaje más impresionante de *Moby Dick* es el capitán **Ahab**, que adolece de una profunda ambigüedad moral, de ahí que quienes le rodean tan pronto le atribuyan un alma noble como lo acusen de pactar con el Demonio. En cualquier caso, resulta evidente que, a causa de su obsesión por la venganza, Ahab se ha convertido en un hombre poco sensible a los intereses y sufrimientos del prójimo.

a) ¿Cómo se sugiere, mediante el aspecto físico de Ahab, la dualidad moral que domina su carácter? (p. 55) A consecuencia de esa misma dualidad, ¿qué sentimientos encontrados despierta el capitán en Ismael? Para responder, compara, por ejemplo, lo que dice el narrador acerca de Ahab en las pp. 106 y 134.

b) ¿Qué opinas de la forma de comportarse de Ahab con el capitán Gardiner? (pp. 141-142) ¿Por qué es tan egoísta su decisión de romper el cuadrante? (pp. 126-127) ¿Dirías que Ahab es un loco? ¿Y un déspota? Razona tus respuestas.

El afán de venganza de Ahab parece la expresión concreta de una cierta **insatisfacción existencial**, pues el capitán piensa que matar a Moby Dick le permitirá descifrar ciertos misterios vitales cuya explicación parece vedada a los seres humanos.

c) ¿Qué frases pronunciadas por Ahab revelan esa dimensión metafísica de su afán de venganza? (pp. 60 y 96) ¿Crees que Ahab es un rebelde? ¿Dirías que es un personaje romántico? ¿Por qué?

El desequilibrio moral que sufre Ahab le lleva a creerse un ser superior, inmortal, todopoderoso e inmune al error. Dicho en otras palabras: Ahab aspira a usurpar el lugar de Dios, osadía que lo conduce a la perdición.

d) ¿Cómo contribuyen respectivamente el pequeño Pip y el siniestro Fedallah a que Ahab se identifique con un dios inmortal y todopoderoso? (pp. 102 y 124-126) ¿Qué frase utiliza Starbuck para advertir a Ahab de que su megalomanía acabará por destruirle? (p. 116)

Ahab mantiene una relación conflictiva con Dios y parece acercarse peligrosamente al Diablo. De hecho, Elías lo acusa de ser un endemoniado, y Starbuck le atribuye "propósitos de ateo".

e) ¿Qué visión ofrece Ahab del Dios de los cristianos? (p. 138) ¿En qué se parece, pues, el capitán del *Pequod* al Ajab de la Biblia? ¿Qué episodio sugiere la identificación del capitán con el Demonio? (p. 123) ¿Podríamos decir que Ahab es la encarnación del Mal?

2.3 El antagonista de Ahab a bordo del *Pequod* es el primer oficial del barco, que se llama **Starbuck** y es un hombre prudente y práctico, dotado de unos rígidos principios morales. Starbuck tiene una visión de las cosas radicalmente opuesta a la de Ahab, razón por la que los dos personajes chocan de continuo.

a) ¿Cuáles son los intereses primordiales de Starbuck? (pp. 58, 115, 135 y 136) ¿Qué opina de la manía del capitán Ahab de equipararse con Dios? (pp. 102-103)

b) ¿Crees que Starbuck es corresponsable de la tragedia que acaba con el *Pequod* y con la práctica totalidad de su tripulación? ¿Por qué?

Aunque Starbuck no comulga con los propósitos de Ahab, los dos personajes tienen muchas cosas en común, tales como la tenacidad y el valor.

c) ¿Qué situaciones evidencian el respeto, la confianza e incluso el afecto que Ahab siente por Starbuck? (pp. 116-118, 146 y 149) ¿Qué inesperada actitud adopta el primer oficial cuando se despide por última vez de su capitán? (p. 163) ¿A qué la atribuyes?

2.4 Junto con Starbuck, la oficialidad del *Pequod* cuenta con hombres como **Stubb**, al que Ismael define como un individuo "despreocupado, ni cobarde ni valiente, que tomaba los peligros según venían". **Stubb** es un hombre astuto y muy interesado por la prosperidad material.

a) ¿Cómo se manifiestan esos dos rasgos durante el episodio del ámbar gris? (pp. 106-113) ¿Qué opinas de la reacción de Stubb cuando Pip cae al agua? ¿Por qué el segundo oficial actúa así? (p. 100)

Uno de los principales propietarios del *Pequod* es **Bildad**, hombre terco y poco tratable que destaca por su codicia y su afán explotador.

b) ¿Consideras que esa codicia es compatible con la religiosidad que profesa el personaje?

En cuanto a la **marinería** del *Pequod*, está compuesta por gentes de las más diversas razas y naciones, lo que a menudo se ha interpretado en clave simbólica.

c) ¿Qué vendría a simbolizar el carácter multicultural de la tripulación del *Pequod*? Consulta la p. 29 de la «Introducción».

Los subordinados de Ahab destacan por su actitud sumisa. Aunque parece claro desde el principio que el capitán los conduce a la destrucción, los marineros del *Pequod* se comprometen por completo con Ahab.

d) Aparte la recompensa material que el capitán les ha prometido, ¿cómo te explicas que la tripulación del *Pequod* obedezca tan ciegamente a su capitán? ¿Qué pasaje demuestra que la marinería se ha contagiado de la dureza moral de Ahab? (p. 142)

Entre los miembros de la tripulación sobresalen personajes como **Quiqueg**, arponero polinesio dotado de un carácter puro, ciertas capacidades insólitas y una visión de las cosas que tiene poco que ver con las creencias de las gentes de Occidente.

e) ¿Qué extraña facultad comparte Quiqueg con Fedallah? (pp. 95-96) ¿Qué singular concepto tiene el arponero de la muerte? (p. 122)

f) ¿Te parece que los valores morales de Quiqueg son superiores o inferiores a los de los hombres occidentales que le rodean? ¿Por qué? A juzgar por la imagen que nos ofrece del polinesio, ¿crees que Melville celebraba o más bien lamentaba la diversidad cultural de nuestro mundo?

Otro de los personajes destacados es el negrito **Pip**, que fue esclavo en Alabama antes de embarcarse en el *Pequod*.

g) ¿Qué evolución experimenta el muchacho durante el viaje? ¿Podríamos decir que esa evolución anticipa el destino del barco en su conjunto? ¿Por qué? Para responder, fíjate en la actitud del personaje en las pp. 100-102 y 137.

Uno de los personajes más decisivos en el infausto destino del *Pequod* es **Fedallah**, el siniestro adivino contratado por Ahab.

h) Tal y como indica Ismael, ¿por qué resulta tan perjudicial la presencia de Fedallah a bordo del *Pequod*? (p. 126)

2.5 Junto con Ahab, la gran protagonista de *Moby Dick* es la ballena blanca que da título a la novela. Melville describe a **Moby Dick** como una especie de monstruo ubicuo y eterno. Según Starbuck, no es más que una "estúpida bestia" movida por "un instinto ciego", pero Ahab insiste en considerarla un ser consciente que ejerce la violencia de forma deliberada.

a) ¿Por cuál de esas dos posibilidades parece decantarse Ismael? (pp. 168-170) ¿Qué opinas tú: es Moby Dick un animal consciente? ¿Te parece que es la encarnación del Mal, como da a entender Ahab, o más bien es un ser amoral, ni bueno ni malo, en el que Ahab proyecta su propio sentido de culpa?

b) Tras consultar la «Introducción» (pp. 25-27), resume los valores simbólicos que encierra la ballena blanca que da título a la novela.

2.6 La obsesión de Ahab por dar caza a Moby Dick parece una manifestación concreta del afán general del hombre por **dominar las fuerzas de la naturaleza**. Podemos decir, pues, que la novela de Melville aborda un tema característico de la literatura del siglo XIX, época en que comenzó la explotación exhaustiva de los recursos naturales merced a los avances tecnológicos propios de la Revolución Industrial. En ese sentido,

a) ¿Te parece que es optimista el mensaje de Melville con respecto a las posibilidades que tiene el ser humano de controlar las fuerzas de la naturaleza? Razona tu respuesta.

2.7 De la lectura de *Moby Dick* parece desprenderse que los hombres somos esclavos del **destino** y que nuestra vida está escrita de antemano, pues en la novela aparecen numerosos presagios que se cumplen inexorablemente. El final de la trama, por ejemplo, está anunciado en una de las primeras escenas del libro, cuando Ismael decide alojarse en una posada de New Bedford cuyo propietario se llama Peter Coffin.

a) ¿Por qué resulta el apellido Coffin un anticipo del futuro de Ismael? Consulta la nota 6 de la p. 37. ¿Qué otras premoniciones se van cumpliendo a lo largo de la trama? (pp. 52, 124, 169…)

En cierto pasaje, Ismael declara que "los hombres hacemos lo que quieren los dioses" (p. 98).

b) ¿Crees que Ahab está de acuerdo con esa opinión? Para responder, consulta, por ejemplo, lo que dice el personaje en la p. 147. Si Ahab cree que hay un Dios que decide por completo sobre nuestra vida, ¿tiene algún sentido su rebeldía? ¿Por qué?

c) ¿Crees que el final de *Moby Dick* nos invita a rebelarnos frente al destino o más bien todo lo contrario?

Melville alude más de una vez a lo difícil que les resulta a los seres humanos comunicarse con sus divinidades. No siempre es fácil saber lo que Dios quiere de nosotros ni si nuestros actos le parecen o no adecuados.

d) Según Starbuck, ¿qué medios utiliza Dios para decirle a Ahab lo que debe hacer? (p. 123) En cambio, ¿en qué momento lamenta Starbuck el silencio de Dios? (p. 135)

2.8 *Moby Dick* es una novela dotada de un denso **entramado moral**. Melville trabaja con las nociones de pecado e inocencia, ambición y orgullo, bondad y maldad, al tiempo que denuncia con rigor la vacuidad espiritual y el impaciente y tozudo materialismo propio del mundo moderno.

a) ¿Cuál es el personaje de la novela que encarna con mayor claridad los males del orgullo y la soberbia? ¿Y el que mejor representa el pecado de la avaricia?

b) ¿Qué personaje de la novela le sirve a Melville para denunciar una religiosidad incoherente con los valores cristianos? En cambio, ¿qué personaje no cristiano profesa una admirable devoción, sincera a la vez que fervorosa, por sus dioses?

El poderoso trasfondo religioso de la novela se pone de manifiesto en las continuas **citas de la Biblia**, que muchas veces nos ayudan a interpretar la novela en un determinado sentido.

c) ¿Qué simbólica imagen del desenlace nos vincula la suerte que corren los tripulantes del *Pequod* con la muerte de Jesucristo? (p. 172) ¿De qué modo se nos había anticipado ese símbolo? (pp. 132-133)

2.9 Entre las múltiples lecturas que ha merecido *Moby Dick* se cuentan numerosas **interpretaciones sociopolíticas**, basadas en la idea de que el *Pequod* constituye una especie de sociedad en miniatura, en la que pueden distinguirse diferentes estamentos y una cierta organización política. En cualquier caso, es evidente que en la novela asoman algunas realidades propias de la sociedad estadounidense del siglo XIX.

a) ¿Cómo alude Melville, por ejemplo, al problema de la esclavitud? ¿Qué episodio es sintomático del escasísimo respeto que les tenían los blancos a los negros en el siglo XIX? (p. 92)

Moby Dick podría leerse como una advertencia contra los **peligros de la tiranía**. La novela parece darnos a entender que los regímenes políticos de signo totalitario arrastran a las naciones al naufragio, como sucede con el *Pequod* por culpa del despotismo de Ahab. De acuerdo con esa interpretación, y si tenemos en cuenta que Ahab es el tirano que merece ser derrocado,

b) ¿A quién representaría Starbuck? ¿Habría sido legítimo que hubiese matado al capitán cuando se le presentó la ocasión? ¿Es adecuada y responsable, en cualquier caso, la actitud que adopta la tripulación frente a Ahab?

Si interpretamos que la tripulación del *Pequod* simboliza al pueblo norteamericano,

c) ¿Cuál sería el mayor pecado de los estadounidenses, en opinión de Melville? ¿Dirías que el autor aboga por el individualismo, tan prestigiado por la sociedad norteamericana, o más bien su novela nos da a entender que las ambiciones personales deben subordinarse siempre al bien colectivo?